思念拆封不退

銀座四寶堂文具店

上田健次

Kenji Ueda

黃詩婷—譯

銀座「四宝堂」文房具店 2

〈目次〉

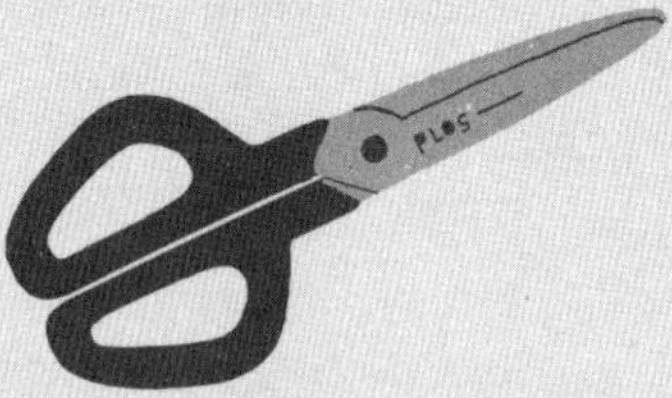

〈單字本〉

「對了，他們問我要不要出書。」

才剛開始吃起晚餐，妻子馬上開門見山如此說道。

「喔？是喔。」

我對於自己的語調感到有些錯愕，應該要更高興一點才對啊。

「有位編輯說他讀了我投稿給市內宣傳刊物上面的報導，問我要不要寫一本以食品教育為主的書。」

看來我的回答並沒有自己想像中的冷淡，或者是因為我平常也都只回「喔」還是「嗯」之類的，所以她沒有太在意呢？我在心裡悄悄嘆了口氣。

妻子有很長一段時間在育幼院任職營養師兼廚師，幾年前開始擔任市長發起的「營養午餐改革委員會」的委員，頗為積極進行相關活動。最近似乎還有人相當熱情邀請她參選市議員選舉。

反觀我自己，去年在任職的貨運公司已達退休年資，現在工作轉為針對安全管理提出建議的「超級顧問」。以前可以管理眾多部下、預算和權限都相當大，要放掉這些東西頗為痛苦。

和我這彷彿走向日落、逐漸寂寥的職涯相比，妻子反而因為年歲增長而散發出更耀眼的光芒。然而發現自己無法老實對於這樣的現實狀況感到開心，給我的震撼更大。我居然是這麼小家子氣的男人。

「所以啊，雖然有點匆促，但對方會特地從東京過來一趟的樣子，問我說要不要一邊吃飯一邊談計畫的事情。所以真是不好意思，明天晚餐你可以自己在外面解決嗎？」

「嗯，我知道了。」

那位編輯是女性嗎？我差點就要把這話問出口，但還是硬吞了下去。畢竟一把年紀還吃醋實在是很難看。

「我吃飽啦。先去洗澡囉。」

說完我便離開了飯廳。

速速洗了洗身體，泡進浴缸裡忍不住大嘆一口氣。一想到下星期預定要前往東京的事情就感到憂鬱，這種狀態下我們一起去東京真的沒問題嗎？只希望不要半路吵架，搞到破壞預定就好……我就這樣愣愣地想著這些事情。

「欸，是不是那個？」

妻子指尖前方有個郵筒，是最近已經不常見的圓筒形郵筒，相當美麗的紅色與風中搖擺的柳枝呈現對比。

我打開西餐廳給我們的地圖。

「我想應該是，店名好像是叫『四寶堂』。」

走近一看，那石造外觀讓人感受到銀座老店方有的威嚴。

「看起來真的很有銀座店家的感覺呢。不過這樣真的好嗎？像我們這種人生地不熟的客人能不能進去啊？」

妻子的聲音聽來有些擔心。

「的確是呢。嗯，可是，畢竟也是琴美叫我們要來這裡叨擾的啊……」

面對道路的是一座相當矮的石階梯，前方是雙開式的玻璃門。那扇大門使用兼具裝飾性質的黃銅加強，顯然經常擦拭，閃爍著柔和的光芒。玻璃看起來簡直跟鏡子一樣亮，正中間寫著金色文字「四寶堂」。

「對了，我的臉會不會很紅啊？」

我望向自己映在玻璃門上的臉龐詢問老婆。

「唔，是有點紅啦，但又不是跟那個郵筒一樣，沒問題的。」

雖然只是在西餐廳兩人分著喝了一罐啤酒，但這可是我第一次在平日白天喝酒，總覺得似乎有些微醺。不，說起來這可是我第一次在銀座如此悠悠哉哉，或許是醉心於整個城市的氣氛之中了吧。

一推門進去，馬上被一股相當宜人的香氣包圍。應該是某種薰香吧，可是我實在不懂是什麼氣味，總之就是有一股彷彿身在森林中的清爽香氣。

店內的天花板很高，面對馬路那扇大窗射入的陽光反射在白色牆面上，店裡相當明亮。木製的陳列架維持相當適宜的距離，每樣商品都井井有條擺放著，就連對於文具用品沒有太多堅持的我，都會想在店裡好好看看這些東西。

「歡迎光臨。」

或許是發現我們站在入口處不知所措，裡頭傳來了招呼聲。那聲音相當清澈又穩重，卻絲毫不會給人壓迫或者急促的感覺。那種溫暖就好像是去朋友家玩的時候，對方年紀小了許多的弟弟前來打招呼。

「您好。」

妻子輕輕點頭，無論何時都如此落落大方正是她的優點。

「是千田夫婦對嗎？我正在等候二位。」

從後頭走出來的男子在我們面前深深一鞠躬。他穿著淺藍色襯衫，搭配深藍色領帶、灰色褲子以及黑色綁帶皮鞋，雖然是相當普通的打扮，但或許是材質好，又或者是整體平衡感相當協調呢？感覺起來非常優雅。

「我是四寶堂文具店的店主寶田硯，還請多多指教。」

對方遞上不知何時拿出的名片，就算只看一眼也知道這是相當高級的和紙。鉛字看起來也有些古老，字體給人一種沉穩感。

「我是千田。真不好意思，今天沒有帶名片在身上。」

見我有些恐慌，寶田先生搖了搖頭。

「還請您不用在意。其實是本店地下室有臺古老的活版印刷機，已經很長一段時間都沒有運作，所以找了人來進行全面維修，最近終於能夠使用了。因為覺得很開心，所以我只要見到人就會發名片給對方。」

寶田先生一邊說著，也將名片遞給妻子。令我驚訝的是，妻子竟然從手拿包裡取出了名片夾。

「我是千田美穗，名片因為工作方便使用，所以是我的舊姓。」

「妳連休息的時候都帶著名片嗎？」

「畢竟如果發現有趣的食材，一點都不能猶豫，得馬上取得對方的聯絡方式啊。為了避免忘記，所以我總是把名片放在包包裡。」

原來如此，她這種地方就是跟我不一樣呢。說起來我現在的名片實在是不怎麼好看，也不是很想拿出來。

「對了，是女兒說要我們過來這裡……」

我將名片收進口袋後便開口提正事。

「是的，令嬡有東西放在我這裡。請往這邊走。」

寶田先生請我們來到店後方，他的舉手投足都相當秀氣，就像是我們昨天在歌舞伎座看到的主角一樣。

到了店後方的結帳櫃檯旁，寶田先生從抽屜裡拿出了信封。那個小信封跟我們昨天抵達東京以後，已經收到好幾次的東西一樣。

「這是寄放在我這裡的東西。」

我接過他遞出來的信封，寶田先生又遞出了剪刀。

「您可以用這個開信。」

我道了聲謝剪開信封，裡面裝的是跟名片差不多大小的單字卡。

「又是單字卡。」

我回頭對妻子說。

「果然呢。那上面寫了什麼？」

我默默將單字卡遞給妻子，從上衣口袋裡拿出老花眼鏡。

「午餐如何呢？希望你們有開心享用……沙拉、蔬菜湯、炸蝦和紅酒燉牛肉飯，雖然是很普通的西餐，但味道是不是不太一樣？我第一次吃的時候也非常驚訝。」

「的確是呢……」

聽見我脫口而出的反應，妻子也重重點了點頭。

「真的呢，說起來其實口味還滿清淡的，但明明很清爽，卻又給人一種濃郁感。輕輕鬆鬆就入口下肚，但給人非常滿足的感覺呢。」

只要是跟食物有關的，妻子的敘述都相當明確。

「是啊，而且香氣也不同呢。」

信封裡還有另一張單字卡。

「四寶堂是我非常喜歡的文具店，店家二樓是有時候用來開版畫或者篆刻工作坊活動的空間，不過今天我特地把場地包下來了。請先上二樓。接下來的步驟會在樓上告知。」

兩張單字卡的字跡都非常工整。

「這個墨水看起來很特別呢。」

「嗯，感覺是有點偏灰的深藍色？不是很常見的顏色。」

「話說回來，昨天到今天已經幾張單字卡啦？那孩子給我們的，上面都是不一樣顏色的墨水呢。」

「的確，不管是色調、滲墨的樣子或者筆劃痕跡都有小小的不同。」

我伸手從外套口袋裡拿出了用環圈扣住的單字本。封面是類似皮革的質感，環圈則有著仿黃銅的加工。

看我啪啦啪啦翻著單字本，寶田先生溫和地笑著開口。

「墨色都非常美麗呢。其實令嬡有來本店二樓舉辦的墨水調配教室上課，那些單字卡上面使用的墨水，都是令嬡配合訊息內容，自己調出來的墨水。」

「哇……」

她是什麼時候培養了這種興趣的呢？

「妳原本就知道嗎？」

「沒有耶，我也第一次聽說，不過很有那孩子在意細節的風格呢。這麼說來，我好像有聽她說過買了什麼玻璃筆之類比較特殊的筆吧。」

妻子從我手上接過單字本，一樣啪啦啪拉翻動著回答我。

「這樣啊，除了墨水很特別，這單字本感覺也很時髦呢。」

寶田先生聽見我這麼說，重重點了頭。

「那本單字本的製造商是Raymay藤井，商品名稱是很普通的『卡片式筆記本』，商品本身的設計理念就是成人使用也不會讓人覺得奇怪的單字本。那個看起來像皮革的封面，是一種浸泡過乳膠的特殊紙張，不容易彎摺、也比較能夠防水，同時耐久性非常優秀。其實那也是在本店購買的東西，不過最近生產量比較少，一直沒能進到貨，原本我還擔心來不及在約定的日子準備好東西呢。」

「哎呀呀，真是給您添了不少麻煩啊。萬分感謝。」

妻子深深彎下腰。

「沒有那回事的，令嬡是本店重要的顧客，我也非常感謝她。應該是我要向兩位道謝才對。」

寶田先生端正姿勢行了個非常漂亮的禮。

「那麼，單字卡上是否寫了要請兩位到敝店二樓的事情呢？」

「對，的確是這樣寫的。」

寶田先生繼續往結帳櫃檯後方走，並且說道：「那麼我立刻帶兩位到二樓。請往這裡走。」他伸手擺向店內深處。

在寶田先生催促下我們跟在他的後面，忽然他又想起了什麼。「哎呀，對了……」

他轉過身朝向右邊的商品架。

「單字本就放在這裡。雖然最近有很多方便的ＡＰＰ，所以使用單字本的人也越來越少了。」

「不過您這裡品項還是很齊全呢。」

大致上看過去，各種不同尺寸和顏色的商品至少也超過一百種吧。

「是的，看來我的個性就是有些不服輸……聽說使用者減少了以後，反而更覺得無論是哪一款，店裡都應該要有一份才行。而且因為可以隨心所欲加工成任何樣子，這種懷舊商品還是很有優勢的呢。也是因為這樣，前來敝店光顧的客人們仍然非常喜歡單純用一個環圈把卡片扣起來的單字本。」

「這樣啊。」

我的回應似乎冷淡了些。

「這款和『卡片式筆記本』一樣是Raymay藤井公司製造的『單字本』商品。」

妻子忍俊不禁地笑了出來。

「這樣說好像很沒禮貌，不過不管是叫做『卡片式筆記本』還是『單字本』，真的就只是單純的商品名稱呢。」

「是的，正如您所說，這間公司的商品真的有很多會讓人驚訝說出『居然直接用這個名字來賣！』，不過每款商品都非常精緻，讓人看了感動萬分。這款『單字卡』還附帶紅色及綠色的透明卡，這樣一來就可以遮掉螢光筆塗起來的部分。」

我的學生時期的確也有賣那種背書用的墊板，不過居然直接附在單字本裡面，確實這種小巧思會讓人覺得很感動。

「真是厲害！能想到這個點子的人腦袋很好呢，真厲害耶。」

聽見妻子的回答，寶田先生睜大了眼睛，露出一個燦爛的笑容。

「這樣說或許有些沒禮貌，不過您果然是琴美小姐的母親呢。她在看這些商品的時候，也是完全一樣的反應，說廠商『腦袋真好啊』。雖然只是我個人的感覺，但是能夠著眼在他人高明之處並且感到認同，這件事情對大部分的人來說意外困難呢。」

「謝謝您。我一直以來都希望能培養孩子正直的個性，不過也因為這樣她似乎有些笨拙，或許會過得比別人辛苦吧……」

老婆在說「笨拙」的時候瞄了我一眼。倒也不是不懂她的意思啦，但我也沒有希望女兒這點像我啊。

「真抱歉，容易離題實在是我的壞習慣。那麼我們就上二樓吧，還請往這邊走。」

寶田先生說著，便帶頭往店裡面走去。

店後方的牆邊有個樓梯。他將寫著「今日工作坊已結束」的看板稍微拉到一旁，同時說道「可能有點陡，還請兩位小心腳步」，要我們上樓。

在寶田先生的帶領下，我們來到二樓。我想空間應該是跟一樓差不多吧，不過或許是因為沒有擺放商品架，看起來挺寬敞的。

剛上樓就看見有張比一般會議室桌還大了一圈的工作檯，再更過去還有好幾張一樣的工作檯往房間深處並排。

工作檯的邊緣放了個小小的信封，拿起來一看，那信封並沒有封緘，只是闔上信封口而已。

我和老婆一起盯著手上的信封，寶田先生這才開了口。

「那麼，我就帶兩位到這邊了。今天這裡到關店前都是由千田小姐包場，還請兩位當成是自家，輕鬆一點。」

我忍不住開口詢問。

「呃，到底是怎麼回事啊？」

寶田先生輕輕一笑，「詳細就請兩位看信封裡面。」然後又繼續說道：「洗手間就在這邊。如果兩位累了，可以脫掉鞋子，在那邊的小平臺休息一下，矮桌上也備有茶水。另外，那邊後面桌子上的保溫壺，裝的是從附近咖啡廳叫來的咖啡，兩位也可以自由飲用。那麼我會在一樓，有任何需要，請再叫我。」

「總覺得讓您費了許多工夫呢……實在非常感謝。」

老婆不忘道謝，我也跟著低下了頭。

「不會的，兩位別客氣，當自己家。」

寶田先生輕輕點了點頭，安靜走下一樓去。

事情的開端是去年的十一月。我們兩夫妻在一如往常的時間吃早餐的時候，老婆收到了琴美傳LINE給她，說「週末會回家一趟」。

我和老婆都因為工作的關係，六點過後就要出門，所以基本上都是五點左右吃早餐，第一次在這種時間接到琴美傳訊息過來。

女兒琴美在進入大學的那年，就開始在東京獨居，如今也已經十年了。剛入學那時候還會找到機會就回家來，不過出社會後大概是因為非常忙碌，就只有過年的時候會回來住幾天，這幾年甚至連過年都沒有回家。

而且她剛去東京的時候，每天都會打電話回來。

「那個，毛衣可以用洗衣機洗嗎？」

「我要做馬鈴薯燉肉，一定要加味醂嗎？還是可以用砂糖啊？」

都是這些雞毛蒜皮小事。現在大概只要搜一下網路就會知道的事情，她非得全部來問我們。老婆雖然念著：「哎呀，麻煩死了。是不是因為養她這麼大都太寵她，沒讓她做什麼家事啊？」其實卻很高興的樣子。

不過她的電話慢慢變成每星期一通、兩星期一通、一個月了才打來，最近甚至都沒再打電話回來了。

她會用LINE傳照片和簡短的訊息給老婆，但通常都是深夜時分，隱約能夠窺見她的生活作息和我們完全不同。而最近就連LINE訊息都減少了。

老婆非常溺愛獨生女琴美，她們的感情好得像姊妹一樣，所以我想老婆應該很寂寞吧。但她總是笑著說「沒有回來就表示她在東京的生活非常充實又快樂啦」，或者是「電話和LINE都少了，可見她在東京有能夠商量事情的人呢」。

如今琴美居然沒有什麼特別的理由就說要回來。

「是怎麼了呢？不會是身體出了問題吧？」

「不會吧？如果是身體不舒服，應該會在東京看醫生吧？」

她如此漫不經心的反應讓我有些不高興。

「那妳覺得是怎麼回事？明明都已經十一個月沒有回來了……會不會是打算商量工作太辛苦、想要轉職之類的事情呢……」

「工作的事情會找我們商量嗎？公司的人際關係、要用英文跟國外的人溝通那種困難工作之類的，就算跟我們商量，我們頂多也只能跟她說聲『妳加油』吧。這點事情那孩子應該也很明白的。」

我現在的感覺就是所謂的啞口無言吧。

「那妳覺得是什麼事情？」

老婆瞄了我一眼，露出打從心底覺得實在受不了我的表情，嘆了口氣。

「唔，會是什麼事呢？哎呀，不懂的人就算想東想西也想不出來吧。總之週末晚餐難得要三個人一起吃飯，你可要早點回家喔。那不好意思，我要先出門囉。」

被獨自留下的我試圖思考妻子一臉受不了的那種表情有何意義，但還是不明白。

「準備好囉。」老婆喊著。

「好——」隨著話音傳來的是琴美踩著拖鞋啪噠啪噠從房間裡走出來的腳步聲。想著好久沒聽見這聲音呢，我在自己的座位坐下。

餐桌上放著瓶裝啤酒。平常我們是喝罐裝的，不過比較特別的時刻，老婆就會準備瓶裝啤酒。如果是比較時髦的家庭，或許會開瓶葡萄酒還是香檳，但我們家從以前就是瓶裝啤酒。看來琴美回來，老婆果然還是很高興呢，我單純地想著。

琴美坐在我的右斜前方。先前她回來的時候，總是會換上高中時代的運動服，相當輕鬆，今天不知為何還穿著她從東京過來時的洋裝和開襟外套。

「弄髒會很麻煩吧？妳可以換套衣服啊。」

我一邊說著，拿起開罐器正要打開瓶裝啤酒，琴美卻開口阻止我：「爸你等等，媽也坐下好嗎？」

老婆默默坐下，琴美則端坐好。

「吃飯前我有事情要說。」

我看著老婆的臉，老婆的視線直盯著自己的手邊。

「怎麼啦？這麼嚴肅。」

琴美聽我發問，輕輕點了點頭，頓了一會兒才回答。

「那個，我要結婚了。」

「啊？」

然後琴美開始說起結婚對象的事情，還有要跟對方一起移居到國外之類的，但這實在太過突然，我根本沒有聽進腦袋裡。

「所以我們只會先登記結婚，不打算舉行訂婚儀式和辦婚宴，然後明年七月我就會跟他一起出國。因為有點遠，我想應該沒辦法輕輕鬆鬆就回來，所以我想說明天去掃個墓，向爺爺奶奶道別。」

眼前的啤酒瓶已經變得溼漉漉，裡面的酒應該也都溫了吧。啤酒肯定已經不適合入口，不過反正我根本也不想喝了。

「喂，老公，你倒是說點什麼啊。」

老婆向我說道。

「嗯……恭喜妳。」

好不容易才擠出這句話，居然還是沒打從心底說出的「恭喜」。

「謝謝……我還以為爸你會反對，有點驚訝呢。」

或許是一直很緊張吧，琴美終於展露了笑容。

「那我去換個衣服喔。」

她起身後又啪噠啪噠踩著拖鞋回去房間。

「喂，你沒事吧？」

妻子直盯著我的臉瞧。

「喔唔……嗯，沒事。」

「你真棒，能說出『恭喜』。」

「……誇我這種事情我也不會開心啊。」

我也站起身。

「真抱歉，可以說我工作有急事，得去一趟嗎？」

「好我知道了。但明天要三個人一起去掃墓喔，所以你別太晚回來。」

妻子的聲音從背後傳來，我拉了拉上衣走出家門。明明不知道該去哪裡，但就是想走一走讓腦袋冷靜一下。

一回神發現自己走進一座小公園，有兩座鞦韆、溜滑梯，還有沙坑，另外有幾張長椅和飲水臺，真的是非常小的公園。

我坐在長椅上盯著鞦韆，周遭一片黑暗，只有幾盞昏暗的路燈為公園帶來一點光亮。看著那空無一人的鞦韆，我想起了小小的琴美。

「要抓緊喔。」

「嗯！啊，可是要慢慢來，不可以忽然用力推喔。」

琴美就是這種連鞦韆步調都非常緩慢到讓人訝異的女孩。而如此文靜的孩子卻說她要結婚、要搬到國外。

抬頭仰望天空，薄薄的雲層飄在上方，別說是星星了，就連月亮都看不見。

第二天掃墓回家的路上，我一如往常握著方向盤。琴美沒有要回家，等等要直接在車站放她下車。老婆在後座拿著要讓琴美帶回去的紙袋，正在說明裡面有些什麼東西。

就快到車站了，湊巧遇上紅燈。我瞄了一眼後照鏡開口。

「那個，琴美啊，我想拜託妳一件事情。我不會說要辦什麼很盛大的婚宴，但爸媽還是想看看妳披上嫁衣的樣子啊，而且也得要有個正式的場合，好好跟對方家長打聲招呼……所以就兩家人見面順便吃個飯也行，總之我還是希望辦個婚禮。」

老婆和琴美並排坐在後座，我透過後照鏡對上了老婆的眼睛，她的眼裡寫滿「幹嘛突然講這個！」的憤怒。

好一會兒沒人回答我。聽見後面車子的喇叭聲我才回神，原來燈號已經轉綠了。連忙踩下油門，就在此時也聽到琴美的聲音。

「我知道了……我跟他商量看看。我不知道他會怎麼說，但我會盡量照爸的希望。麻煩你們給我一點時間，我安排好了以後，會再聯絡你們。」

琴美留下這些話後就回到東京了。

之後大概過了半年吧？過年的時候琴美也推托說要工作而沒有回來，我和老婆也努力不提琴美。說老實話，我幾乎是放棄了。就在那時我們收到一封信，收件人是我和老婆，寄件人是琴美。

打開來看，裡面裝著單字本和特急列車的車票。

「這個……是什麼啊？」

單字本是用雞眼扣固定鬆緊帶綁起來的樣式，打開來就看到以鮮豔藍色墨水寫下的工整文字。

雖然非常工整卻有明顯的個人風格，是琴美的字跡。

「給爸媽：不好意思讓兩位久等了，婚禮已經準備好，特此聯絡兩位。」

在這些文字後寫的是日期和會場，地點在東京的銀座附近，是相當有來頭的飯店附設餐廳。

「星期六中午……最好在前一天就先過去呢。」

我連忙從包包裡拿出記事本確認日程，沒想到那星期的星期四跟星期五兩天，我已經請了特休。

「這星期是……」

「沒錯，是我們為了紀念珊瑚婚打算去旅行，所以已經請好特休的那星期。」

看來琴美有跟老婆確認過時間。

「難怪……我就覺得奇怪，銀婚式的時候明明什麼都沒做，居然說什麼三十五週年珊瑚婚要不要去哪裡旅行。」

「呵呵，就是這樣啦。」

第二張單字卡則是這樣寫的。

「難得從那麼遠的地方來一趟，我希望你們也能稍微參觀一下東京。首先請到我們要辦婚禮的飯店去，後續的安排會在那裡告知。」

還附上了從距離最近的車站到飯店的路線指引小冊子。

「這是怎樣……」

「也好啊？上一次和你外宿旅遊，已經是新婚旅行的時候了呢。」

老婆看起來很高興，我忍不住盯著她瞧。

昨天我們依照預定來到東京，按照地圖進入飯店，被帶到房間後，那裡放著一個小信封。打開來一看，有張跟寄到家裡那張形式相同的單字卡。

「給爸媽：漫長旅途辛苦了，稍事休息以後請再到飯店大廳。在櫃檯後方有個『禮賓服務臺』，請到那裡找一位榛原先生。」

「這又是怎樣啊？」

我讓老婆看了看單字卡。

「嗯？不知道呢。不過總之就照她說的，去那個什麼禮賓服務臺看看吧。」

我默默點點頭，把單字卡裝進琴美寄來的單字本。

「這個呢，嗯，雖然是拿來寫筆記的東西，不過這樣用一個環圈串起來，就不用擔心會四散、不知道掉到哪裡去呢。」

妻子嘆了口氣苦笑著。

「是啊。你的個性就是這樣，要是不把東西收到固定的地方就覺得哪裡不對勁，應該是那孩子考慮過你的這種性格才下這種工夫的吧。」

「不是妳教她這麼做的嗎？」

「怎麼會，我什麼都沒教啊。」

我再次看向手邊的單字卡。毫無疑問這是琴美寫的字，不過用藍色墨水寫在高級紙上的那些文字，似乎帶著一股成熟。總覺得窺見了女兒不為我知的一面。

由於實在心惶惶，所以放好行李後，我們馬上下去大廳。

在禮賓服務臺找到榛原先生，對方似乎已經和琴美事前討論過了，所以幫了我們很多忙。配合服裝修整頭髮，之後搭計程車移動到歌舞伎座，在包廂榻榻米座位欣賞晚上的演出。晚餐則是事先為我們準備好中場休息時間可以吃的豪華四格便當。

不管我們去哪裡，都有一個信封放在那邊，裡面是琴美寫的單字卡。回到飯店以後，榛原先生說「這是今天最後一封」，並交給我們一個信封。裡面的單字卡寫著：

「頂樓有酒吧，已經點好我推薦的雞尾酒。」

出了電梯走進酒吧，琴美已經幫我們預約了窗邊的座位。眼前就是皇居的森林和護城河，剩下一半則是一片銀座光輝閃耀的霓虹燈。

「總覺得好像在做夢喔，這麼奢侈會不會遭天譴啊？」

妻子對著眼前的雞尾酒喃喃說著。

「還以為這話應該會由我來說呢……」

妻子露出個「果然你也是嗎」的笑容。

「不過真的沒問題嗎？雖然榛原先生有說款項那孩子會付就是了。」

我也很在意這件事。

「算了，頂多就是禮金多包一點吧？畢竟如果我們硬要付錢，反而會給榛原先生添麻煩。」

「說的也是，不過真的好開心喔。欸，以後我們也常兩夫妻來東京玩嘛。我還想再多看些歌舞伎呢，還有寶塚跟劇團四季之類的。」

「我不知道妳喜歡看舞臺劇呢。」

妻子臉上浮現出溫柔的笑容，輕輕點了頭。

「不過琴美離家都十年了呢……也許我是有點期待那孩子會回家，然後我們又三個人住在一起吧。不過她要結婚、建立自己的家庭……那我再等下去也沒用啦。所以我們就當成回到新婚時代，開開心心享受吧。」

真令人意外，沒想到她是這樣想的。

「但是跟我一起真的好嗎？」

「……啊?說什麼傻話啊。」

「畢竟妳就要成為市長關照的委員會委員,聽說還有人要妳參加下次市議會議員的選舉……但我不過就是個『退休』員工喔?妳可是那種會有東京的出版社編輯特地來會面的人耶,真的不需要找我……」

我實在是不知道該怎麼說下去。

「真是傻瓜……」

「反正我就是這麼笨啦。」

這麼孩子氣,連我自己都覺得傻眼。

「你不喜歡的話,我就推掉出版社的東西啊,委員也可以辭掉的。反正就算我不做,也還有很多人可以代替我,但你的老婆只有我一個人喔?」

「……呃。」

「我們都在一起三十五年了耶,不管是開心的時候還是難過的時候都在一起,難道還要我去找個人從頭開始?別開玩笑了。」

我差點忍不住眼眶裡打轉的淚珠。

或許是因為在燈光昏暗的酒吧裡我才有這種勇氣,就這樣一把握住了老婆的手。

「哎呀,膽子大了哪。」

「……嗯，我可能有點醉了吧。」

嘴裡說的顯然是掩飾自己難為情的臺詞，老婆一臉傻眼地笑了出來。

「真是的，別說那些莫名其妙的事情，害我不知道如何是好了。」

我只能默默點頭。

之後我們就這樣牽著手多久呢？桌上點的那支蠟燭已經變得非常短。

我好不容易才鼓起勇氣盯著老婆開了口。

「那個啊。」

「嗯？」

「我一直覺得很害怕。」

「很害怕？什麼事情？」

「我覺得自己是不是會被孤伶伶丟下……琴美說她要結婚去國外，妳又變得越來越厲害，好像離我越來越遠……我好怕自己會被獨自留在那個家裡。」

「……真是個大傻瓜。」

聽老婆這麼說，我點了點頭。

「不過我現在安心了點。說了那些傻話真是抱歉，我希望妳不要在意，還是繼續工作，當然還有寫書也是。」

「嗯……」

我放開老婆的手，好好坐直。

「或許我是個麻煩的傢伙，但今後也請多多指教。還有，妳要加油喔。」

「嗯，謝謝你。我也要請你多多指教。」

時間回到今天。我們從飯店出來後先是在皇居周邊散步，又去了西餐廳，再來到四寶堂。

「欸，趕快讓我看看裡面吧。」

「喔好，等等喔。」

我打開信封，裡面果然也放了一張單字卡。

「抱歉讓你們到處走來走去，不過今天這裡就是終點。之後回到飯店，只要吃晚餐睡覺就好了。所以請再陪我一下。

「我在桌上排了一些回憶照片，還請務必由外往內慢慢瀏覽。」

我和老婆對看了一眼，兩個人一起把視線轉向工作檯的另一端，是單字卡和白紙。

「照片是說那些紙嗎？」

「應該是吧？不過看起來還滿多張的耶。」

室內六張工作檯由外往內排列，上面接連放著好幾張紙。

「怎麼，妳也不知道嗎？」

「我不知道啊。」

往裡面走去，翻起第一張，上面印的是剛出生的琴美。

「好小喔。」

我和妻子異口同聲，然後一起笑了出來。

在那張照片旁邊，附上了兩張蓋著的單字卡，第一張寫著她的出生年月日和「琴美誕生！三千零二十三克」。另外還貼了小便條紙，上面寫著「照片已經裁剪成跟單字本一樣大，請和單字卡一起裝好後再繼續前進」。把照片拿起來看一下，左邊果然已經打好了洞。

「這個是怎麼做的啊？」

「不知道耶……不過沖洗的照片應該沒有這種名片大小的？我想可能是用手機之類的翻拍相本裡面的照片，然後印刷出來吧。」

「這樣啊。」

第二張單字卡寫了更多字。

「聽說因為難產，所以媽非常辛苦。爸原本因為工作，打算放棄來產房的，但我就這樣一直卡到三更半夜？結果爸就趕上了。」

「沒錯沒錯，的確是這樣。你還用剛買的手機一直打來給我……我都說我痛得要命，根本沒辦法說話了。」

「唔……」

「哎呀，不過就跟她寫的一樣，我也記得琴美就好像是等著你來醫院，才要出生的呢。」

我從老婆手上接過單字卡和照片，一起裝進單字本裡。

旁邊是一張在鳥居前拍的照片。

「這是滿月參拜吧。」

照片上是穿著西裝的我和抱著琴美的老婆。

「睡得真香。對了，請人來祈禱的時候不知道她是心情不好呢，還是害怕太鼓跟鈴鐺的聲音，居然一直哭一直哭，但結束的瞬間馬上就不哭了……雖然神主先生好像有點不高興，但是一旁的巫女小姐倒是跟我們說『哭泣本來就是小嬰兒的工作，還請不要太在意。這是她活力十足的證明呢』。」

「的確是有這回事……」

接下來是第一次女兒節。

「已經好幾年都沒有拿女兒節娃娃出來擺了呀。」

「是啊……不過主角不在的話，也不會特別想拿出來呢。」

「也是啦……這麼說來，也很久都沒吃到散壽司了。」

妻子苦笑著說：「畢竟那個做起來真的很麻煩啊，而且我每年都會在育幼院那邊幫忙做散壽司然後吃掉，可能因為這樣我就覺得滿足了吧。啊，該不會你想吃？」

「嗯，如果可以的話，我想吃呢。外面雖然也有賣類似的東西，但跟家裡的味道總是不太一樣。」

才剛能坐起身的琴美，安坐在女兒節人偶前的小小身子，實在是可愛到不行。她都還不知道什麼是女兒節呢，就只是兩手抱著女兒節點心的袋子傻笑。

接下來是在動物園和大象一起拍的照片，還有我們一家三口一起去野餐之類的照片，然後是她大口往插了「一歲生日快樂！」牌子的生日蛋糕咬下，一整臉都是鮮奶油的照片。

「對對，有這件事！她曾經這樣鬧過呢。」

妻子揚聲拿起照片。

「雖然說那是小嬰兒也能吃的豆漿鮮奶油啦……不過奶油畢竟是奶油呢。她就這樣兩手黏答答到處亂摸，之後打掃起來真是累死人了。」

每張照片都附了一張單字卡。

「滿一歲！你們對我灌注了大量的愛情，看相簿就知道了。」

「寫這什麼理所當然的事情啊……」

總覺得有點不好意思，我念著的同時把單字卡遞給老婆。

「我完全不覺得是理所當然呢。」

「是嗎？爸媽愛孩子，不是很正常嗎？」

老婆把單字卡遞還給我，慢慢搖了搖頭。

「一點都不理所當然。我在育幼院看過很多父母和孩子，有母親煩惱著根本無法愛自己生下的孩子，還有那種明明孩子身上流著自己的血，卻一點興趣都沒有的父親，真的是見多了。所以能像我們這樣能夠打從心底愛琴美、琴美也愛著我們，真的是老天保佑。」

「……這樣啊。」

「而且……一天到晚吵架的夫妻也很常見。」

「明明是喜歡對方才結婚也一樣？」

老婆沉默著，輕輕點了點頭。她緊閉雙唇那表情，真是從我第一次見到她時就沒變呢。

我高中畢業以後就在故鄉的物流公司上班，第一年只是臨時員工，負責堆貨、保養卡車、洗車、整理單據等等，為了賺錢什麼都做。空閒的時間就去駕訓班，取得駕照以後就跟公司表示我希望當小貨車司機，第二年起就成為正式的貨車司機員工。

就在那時我遇見了在公司餐廳工作的美穗。

當時她還不是營養師，也沒有取得廚師證照，只負責洗洗切切食材等前置工作，還有刷洗鍋碗瓢盆那些東西。她總是拚命在檢查是不是還有沒刷乾淨的地方，那副樣子讓我覺得耀眼奪目，忍不住在意起她。

有一次我看見她正滿頭大汗地搬運剛送來的食材紙箱要去廚房，我沒多想就拿起了馬鈴薯的紙箱。

「你這樣會給人添麻煩！」

聽見有些嚴厲的聲音轉過頭去，看見的是美穗緊閉雙唇瞪著我的臉。

「呃，可是……我是想說妳這樣很辛苦。」

「如果害你覺得不舒服的話請見諒，但你是司機對吧？如果讓你幫忙害你累到就糟糕了，那樣很可能會發生意外啊。」

「太誇張啦……如果上了年紀的話還有點道理，不過我還年輕，沒問題的。而且雖然看起來不怎樣，但我可是堆貨卸貨的專家喔。所以……妳可以放輕鬆點啦。」

身材嬌小的美穗抬頭看著我。

「真抱歉……我剛才那麼大聲。但這是我的工作，我不可以依賴別人。」

「這樣啊……那不然這樣好了？我幫妳的忙，所以妳要把我的飯裝大碗一點。就算我有點累了，多吃點就沒問題。這樣的話就可以吧？」

或許是我這種胡來的藉口實在太過莫名其妙，美穗睜大了眼睛，忽然哈哈大笑了起來。聽著她毫無顧忌的笑聲，我不知為何也覺得好笑，跟著笑了出來。

「總覺得，你真是個有趣的人啊。」

「啊？會嗎……我覺得自己算是認真的人耶。」

「就是認真到太奇怪，所以有趣啊。」

她說完這話又笑得有如銀鈴在我耳邊晃動。

就這樣我們兩人的距離縮短了，交往了幾年以後結婚。那時候美穗已經取得廚師證照和營養管理師的資格，因此前往她以前就想去的公立育幼院廚房工作。我也努力存了一點錢去駕訓班，取得大卡車駕照，可以行駛長距離路線。

雖然過得相當一帆風順，但就是一直沒有孩子。

「畢竟人家都說孩子是上天賜予的東西嘛。」

我盡可能開朗的說這話，但美穗似乎相當煩惱。

「我就是喜歡小孩子所以才去育幼院工作的，自己卻一直都沒懷孕。雖然能在一堆小小孩包圍的環境裡工作我也很開心……不過最近越來越多比我還要年輕的媽媽。看著她們開開心心牽著自己的孩子回家，還是覺得有點難過呢。」

每次談這話題，美穗一定會掉淚。

「這樣啊……還是乾脆去別的地方工作？或是要不要回我們公司的餐廳？而且我也說過了，小孩子又不是想要就能生，這還是上天決定的事情啊。」

「但你也喜歡小孩吧？還說過什麼希望孩子夠組個籃球隊之類的，甚至說棒球或足球隊也沒問題。可是……」

為了將來，我們省吃儉用。結婚以後，兩個人還住在六張榻榻米大小的古老木造公寓。我們在那小小房間裡談過幾次這件事情呢？

我總是緊緊抱住哭泣不止的美穗，摸著她的頭安撫她，然後兩人一起累到睡著。這樣的生活真的過了很長一段時間。

轉機就這樣忽然降臨。房東說他想要重建這棟古老的木造公寓，所以希望我們能夠搬家。他表示「我家還有其他出租的地方，會便宜一點租給你們」，所以我們就搬到了附近的3LDK屋子去。就這樣，兩人從原先走過去就發出令人煩躁嘎吱聲的走廊、夏天熱得要死而冬天冷風不斷從縫隙鑽入的小房間，搬到了坐北朝南的地方去，這讓心情鬱悶的美穗變得比較開朗。

努力買了新的家具、窗簾、寢具，也因為美穗想要內嵌式三瓦斯爐豪華廚房，便買了各式各樣的烹調工具。我們盡可能讓兩人的休假一致，將先前存的錢拿去購物，實在是非常開心。

或許是因為這樣開朗度日對身體也好，有一天我才剛洗完澡，美穗便叫住我：「現在方便嗎？」

「怎麼啦？」

我一坐下，她便從信封裡拿出了個東西，上面寫著「母子健康手冊」。

「這什麼啊？」

「哎唷！這樣還不知道喔？」

我認真盯著美穗的臉。

「所以是……懷孕了嗎？」

「……嗯。」

「啊、咦、呃……咦咦咦。」

我從椅子上站了起來，開始在房間裡兜圈子。

「真、真的嗎？我們真的有孩子了嗎？妳真的懷孕了？」
「嗯。」
「萬歲——！」
這大概是我人生第一次大叫著跳起來。就連拿到小客車駕照的時候、通過大型卡車考試的時候，都沒做過這種事情。猛然回頭，看見美穗正在掉眼淚。
「我還以為我們大概不可能有孩子，早就放棄了……不過最近常常覺得不舒服、想吐，保險起見還是去看了一下醫生，結果對方跟我說『恭喜妳』。我、我一開始還不相信……」
「……嗯、嗯。」
我應該要說點什麼貼心話的，但實在說不出口。
接下來那張照片是育幼院畢業典禮看板前，一家三口的合照。旁邊當然還是有單字卡，上面寫的是「育幼院的回憶」，下面還有另一張。
「一歲到五歲，我去媽媽上班的育幼院上課，可以一直跟媽媽在一起好開心。」
另外還有推著嬰兒車走出育幼院的老婆，以及老婆協助戴著安全帽的琴美騎上腳踏車的照片。

「現在我那年齡才懷孕生產的人是不少了，不過那時候放眼望去都是好年輕的媽媽，總覺得有點不自在呢。而且其他同事又都稱呼我老師……哎呀，畢竟我是營養管理師，所以也沒辦法啦……」

「但我可是很安心呢，因為妳們兩個人一直在一起。」

旁邊還有張照片是滿臉笑容大口吃飯的琴美。

「媽做的飯超好吃，大家都好喜歡！吃媽做的飯畢業的小孩據說超過五百人，我自己從早到晚都能吃媽做的飯真的非常幸福。不過離家以後要習慣其他地方的口味，還真是有點辛苦呢……」

琴美照片的旁邊，是孩子們聚集在一起吃營養午餐，還有老婆跟廚師們討論菜色跟試口味時的照片。

「居然連妳在工作的照片都有啊。」

「我想應該是從畢業紀念冊上找到的吧。」

實際上在那張單字卡附近還有好多張照片，包括躺在幼幼班房間裡睡午覺的琴美、長大了些後在育幼院庭院裡活力十足玩耍的樣子、在遊戲大賽上努力演出《三隻小豬》戲劇中大野狼角色的樣子。

「照片上是育幼院的舊房子吧，好懷念喔。」

「是啊，五年前重蓋了……除了符合新的耐震標準以外，還有很多顧慮到不能讓小孩子們受傷之類的安全性措施，整體變得更好了。不過說老實話，還是讓人覺得有點寂寞呢，畢竟是那孩子去了那麼多年，有很多回憶的地方。」

雖然想說點什麼，卻又找不到適當的話語。

「哎呀，這張真有趣。」

耳邊傳來已經繼續看下一張照片的老婆聲音，我漫不經心地把視線落向手邊的單字卡。老婆手上拿的那張是「和爸爸出門！」，而旁邊這張是這樣寫的。

「媽媽常常休假日也去工作，這種時候爸就會帶我出門。去遊樂園、爬山、看電影，或者去百貨公司買東西……那時我最常約會的對象就是爸爸了。」

單字卡周圍排的照片是琴美在旋轉木馬上揮著手，或她大口咬著我捏的那不怎麼好看的飯糰。

「總覺得，看起來很開心呢……那時候我實在是太忙了，休假老是沒辦法跟你一起。真的很感謝你願意帶著她四處去玩，聽她告訴我說『我們去了某某地方！』還說『好開心喔』之類的，我一方面覺得高興，一方面也有點羨慕呢。」

「抱歉啦……」

老婆輕笑出聲，搖了搖頭。

「你幹嘛道歉啊。說起來她國高中的時候，你一副自己也變回學生的樣子，還兩個人一起念書呢。那時候被排除在外的感覺才真的是有夠強烈。」

我原本只是在當地一個小小的物流公司上班，原先的公司跟其他同業合併了，沒想到後來居然又被更大間的公司併購。經過幾次這樣的變動之後，我竟然也成了業界中被稱為大企業公司的員工。

身為一名司機，工作在分配上變得比較明確，不再像以前那樣要東奔西走的，只需要在一定的時間內去跑固定路線就好。對於只要奔馳在不知名道路上、看著未曾見過景色就會感到有趣的我來說，工作的醍醐味大部分都消失了。

而且開車這個工作必須長時間維持相同的姿勢，才年過四十我就苦於腰痛問題。一開始還能隱忍著繼續工作下去，但後來真的沒辦法撐下去。

我只好下定決心去找上司商量，沒想到對方也挺能體會的。幸好自我成為正式員工後，二十多年來從沒有發生過交通意外，也沒有違規過，所以公司說就算我不開車了，也可以讓我當安全管理員。

「不過先前那些東加西加的補助也跟著沒了，薪水會變少。」

正好那時琴美剛上國中，接下來正是要去補習班、為了升上高中需要各種金錢花費的時期。

「我想對於千田先生來說，安全管理員的工作應該是輕輕鬆鬆，我也明白你甚至有潛力將來成為大規模物流中心的負責人。不過呢……如果想以內勤人員身分升職的話，無論如何都需要大學畢業的學歷。」

上司看著我的人事資料，頓了一頓。

「你覺得怎麼樣？你畢竟有高中畢業資格，要不要花些時間去上通訊課程或是大學夜校？喔對了，學費可以申請公司補助。其實本來是有年齡限制的，不過我推薦的話，應該還是有辦法拿到。」

那天晚上，我把上司說的告訴老婆。

「聽起來不錯耶？」

「妳真的這麼想嗎？就算有加班費，我的薪水大概還是會掉兩成左右。而且如果我真的去夜校，那也不可能留下來加班。」

老婆的視線落向茶杯裡剛泡好的茶，輕輕搖著頭。

「要是弄壞身體才真是賠了夫人又折兵呢。我說啊，雖然你好像覺得自己隱瞞得很順利，但我知道你有在吃止痛藥喔。你那身體繼續開車下去，要是發生意外怎麼辦？可就一切都無法挽回了。而且錢的話總有辦法的，說起來只要在收入範圍內，不要過得太奢侈就好啦。」

「但是接下來琴美會需要不少錢吧？」

「怎麼可以拿琴美當藉口呢？而且要是你真的為琴美著想，那更應該不開貨車，考慮將來的事情重新念書比較好吧？」

有時候我真的是會被老婆反駁到啞口無言。

「……唔可是，我都這把年紀了才要準備去考大學喔。妳覺得我辦得到嗎？說起來妳自己高中時候學的東西，應該也都不記得了吧？想到要全部從頭學起，就覺得實在是提不起勁。」

「哎呀，所以這才是真心話囉？那你就老老實實說『我討厭念書，不想去大學啊，不要說什麼琴美很花錢，把這個當成藉口喔。」

都被說成這樣了，我實在是無路可退。從那天起我就開始用功了，然而就算試寫考古題，也真的是完全腦袋一片空白。束手無策的我只能從國中英文和數學開始學起。

話雖如此，白天還得要去記那些我還不熟悉的內勤工作，接二連三全部都是新的東西讓我應接不暇。如果想要通勤甚至上廁所或洗澡這點零碎時間都不浪費、繼續用功的話，應該要怎麼做呢？想來想去最後得到的答案就是「單字本」。

「總覺得這樣看來，你和琴美其實非常像呢。」

妻子若有所思地念著。她伸手要拿的那張，是我和琴美一起在暖桌邊讀書的照片，旁邊附上了一張「用功中！」的單字卡。

「國中時代的回憶幾乎全部都是社團活動還有我跟爸一起念書。印象中每天從九點到十一點兩小時，就是我們兩個人一起念書的時間吧。數學和英文是我當老師，國文、自然和社會是爸爸當老師。教學相長讓我們兩個人頭腦都變好了?!」

我的念書方法完全就是昭和老派那種硬背書，相對來說琴美是理解理論之後記住內容，我們擅長的項目也因此而相異。

「有時間做單字本，不如多寫一點題目比較好吧？」

我沒聽從琴美的忠告，還是依靠單字本繼續用功。其實這好像比較符合我的個性，成績看來還是有慢慢在進步。

「嗯，還好啦。不過寫了一堆參考書題目以後，不就又得要買新的參考書了嗎？反而是單字本可以反覆一直重看怎麼解題，我覺得這樣比較省錢，而且在公車或電車上都能用功啊。」

「……哎呀，這我也不否認啦。只是我覺得單字本這種東西，好像做的時候效果比之後用的時候還好就是了。」

我看著從單字本的固定環圈拆下來、四散在暖桌上的單字卡。

「的確是啦。像這個『interesting』啊，我就寫太大了，結果最後面的『ing』變得好小……一邊想著哎真糟糕，翻過來要寫『感興趣』結果又把『感』寫得太大，後面的『趣』變得超擠，根本寫不下。心想著啊笨死了……結果這個單字就這樣記住了。」

「對吧？」

就在我們說著這些事情的時候，老婆總會為我們準備熱可可或牛奶。

「好啦，拜託你們兩個都看看時間吧，明天還要上班上學唷。」

我們就像是兩個人在比賽，我順利考上了志願大學。那是在我開始用功的第二年，我把郵差送來的合格通知書拿給她們看，老婆和琴美都非常高興。

「總覺得好厲害呢，一邊工作還考上了大學。」

「謝啦，不過接下來有好一陣子都得一邊工作一邊讀書了呢。」

我看著合格通知書，考上的學系和學科旁邊寫著「夜間部」。

「……對耶，爸以後晚上都要去上課了。」

總覺得琴美的聲音忽然變得有氣無力。

「對呀，一般課程好像是平日晚上，不過體育課之類的，好像會在日間部學生不使用操場或體育館的星期天。我這把年紀了，體育課不知道行不行呢？」

我刻意輕鬆帶過，琴美卻盯著我瞧。

「爸你要加油喔，我也會加油的。等我上了高中，還要考大學。」

「說的也是。琴美肯定沒問題的，畢竟妳可是爸的數學和英文老師呢。」

「幹嘛講得那麼誇張啦，只有一開始幾個月啊。啊，對了，那個，爸，我有事情想拜託你。」

難得琴美的表情如此認真，我也立刻端坐。

「怎麼啦？」

「那個……爸你做的單字本，應該沒有丟掉，都還在吧？」

「嗯，在啊。」

原本那應該是我把東西背起來以後就不需要的東西，但又覺得丟掉的話，那些好不容易背起來的內容似乎會就此遺忘，所以我都收在一個紙箱裡面。

「那些可以給我嗎？」

「妳想要那些喔？」

這倒是讓我有點意外。

「嗯，雖然爸的字很有個性，但你寫了很多細心的注解吧？我覺得好像看著多少就能進入腦袋裡。畢竟爸你都那麼用功了，要是我覺得發懶的時候，看著應該也會想用功吧。」

雖然拐彎抹角，不過感覺是認同了我這種純樸的做法，讓人挺高興的。

「那些東西妳要的話，當然沒問題啊。」

第二天起我大概花了一個星期，把我這兩年做的一整箱單字本重新整理好。那些我不擅長的古文、漢文以及英文單字，有些髒掉了，也有些用來固定的孔洞已經破損。我貼上貼紙修補破掉的洞、把已經暈開的字重新寫好，然後依照不同科目和學習時期分別整理好。這種時候只要用一條繩子就能把英文跟英文、歷史和歷史小冊子的環圈分別綁起來整理好，忍不住覺得果然很方便呢。

「明明才十年前左右，卻覺得已經是很久很久以前的事情了呢。」

聽見老婆的聲音我才回過神。猛然看見的是和「畢業典禮」看板一起拍照的高中生琴美照片。接下來就都是我沒看過的照片了，附上的單字卡寫著「爸爸媽媽不認識的，在東京的我」。

「哎呀，真的是呢。」

那是在連棟紅磚校舍背景前，身穿剛訂做好的套裝、臉上笑容有些僵的琴美。明明應該是畢業典禮後不到一個月，原先的馬尾大膽就已剪成了短髮，看起來成熟許多。

再來大概是打工的地方吧？琴美穿著可愛的制服拿著放了蛋糕和茶壺的托盤；穿著球衣拿著曲棍球球棒微笑的琴美；可能是去實習？穿著套裝正在進行簡報的琴美；大概是跟朋友們出去旅行，有不少張國內觀光景點或是看起來在國外拍的照片。這的確都是我們完全不認識的琴美。

一旁附的單字卡上則寫著「雖然是我嚮往已久的獨居生活，但其實也曾經寂寞到晚上偷哭」。

「覺得寂寞的話，回家就好啦……」

老婆從我手上接過單字卡，輕輕搖了搖頭。

「畢竟琴美跟你一樣，就是會埋頭努力的人呀。」

琴美高中畢業和我大學畢業是同一年的三月，我是七號、琴美是在十號，幾天而已，我們就參加了兩次畢業典禮。為了幫我們兩人慶祝，在琴美畢業典禮那天，妻子煮了紅豆飯，還準備了一整條鯛魚。

「那我們乾杯吧。」

妻子打開瓶裝啤酒的蓋子，往我的杯子裡倒酒。就在我倒酒回敬的時候，琴美把薑汁汽水倒進自己的杯子裡。

大家都準備好以後，我們看著彼此。

「哎呀，老公，你得說點什麼，起個頭啊。」

雖然只是一家三口的小小慶祝宴席，但要叫我開口舉杯還是挺尷尬的。

「喔，琴美，恭喜妳畢業。還有也考上了大學，妳真的非常努力呢。總之我們乾杯吧。」

老婆和琴美也小聲附和「乾杯」，然後一起將杯子就口。雖然我的酒量不好，仍然一口氣喝乾杯中物。這肯定是我人生當中最美味的一杯酒。

「也恭喜爸，一邊工作居然還能念四年的書……你們讓我去上普通大學，這下我更不能偷懶了。」

琴美一邊幫我倒酒，還說了這些話。

「畢業雖然很開心，但有點寂寞呢……心情好複雜啊。一開始覺得很辛苦，不過上課真的很有趣。我想可能啦，大概是因為我聽課的時候，一心想要活用在工作上吧。而且年輕的同學好多，我也增加了不少新朋友呢。」

「這麼說來，你最近看起來好像有比較年輕喔。」

老婆笑著把裝了紅豆飯的碗遞給我。

「都這把年紀啦，靠妳推了一把讓我從大學畢業，真的是太好了。而且琴美也有自己的人生要走，從明天開始在東京的大學生活，妳要好好享受喔。」

「嗯，謝謝爸，謝謝媽。」

剛才還相當興奮的老婆，忽然用圍裙衣襬按了按眼角。

「不過啊，要是妳覺得很累，隨時都可以回家喔。畢竟是妳想去東京，所以我沒有反對。不過讓妳去東京，我真的是很擔心又很寂寞，畢竟妳老爸我在這裡出生長大，東京簡直就跟外國一樣陌生……妳的房間之後也都會維持現在的樣子，妳隨時都可以回來，跟以前一樣輕輕鬆鬆過日子。要是覺得難受，隨時都可以回家。」

「……好。」

琴美似乎是好不容易才把這聲回答擠出口。

「哎唷！講這種話不是讓她更難回來了嗎？真是的，現在是在慶祝耶，幹嘛搞得好像辦喪禮啦。」

「欸！還不是因為妳哭了，才會把氣氛搞成這樣啊？」

「可是我看到琴美的臉，眼淚就自己掉下來啦。」

「咦——！是我的錯嗎？」

三人聽著彼此的藉口，一起笑了出來。還想著那不過是之前的事情而已，轉眼已經過了十年。

猛然回神看了看手錶，這才發現從開始看照片已經過了兩小時。排列著一大堆照片和單字卡的工作檯，終於也只剩下最後一張了。

那張工作檯上放著「成為社會人士的我」的單字卡。

「出了社會以後，再次重新體認到爸媽有多麼厲害。工作真的好辛苦喔，我想你們兩個人一定有更多不為我知的辛勞吧……」

單字卡旁邊應該是進公司時的入社典禮，是琴美身穿面試套裝、表情僵硬的照片。旁邊另外還放了好幾張應該是工作中的照片。

「在東京這種大都市工作……我想琴美應該很辛苦吧。」

「是啊……尤其是這孩子的工作很多時候要跟國外往來，大概有不少是與日本不同的地方要費心思，應該精神上也相當辛勞吧。」

我們拿起一張又一張照片翻過來，繼續往前進。手邊的單字本逐漸把固定用的環圈填滿。

到了工作檯最尾端，看起來應該是最後一張單字卡了。上面寫的是「和大輔相遇的我」，然後是相當工整的文字。

「開始工作後第三年，在職務調動以後認識了大輔，他是我的上司。他在工作方面非常嚴格，所以我一開始不知道該怎麼跟他相處，但看著他無論對什麼事情都認真處理的樣子，我也逐漸被吸引。我想他應該和爸有點像吧。」

擺在那張單字卡旁的照片，是琴美在跟一名穿著西裝的男性談話，感覺應該是在討論事情。

「這個就是大輔嗎？」

「……嗯，應該吧。」

聽說他的年紀比琴美大了一輪，因為工作上相當傑出，所以被提拔成為國外分公司的社長。據說曾經在二十幾歲的時候結過婚，但在有孩子以前就離婚了。雖然年紀較大應該沒什麼問題，不過有離婚經歷該不會是不太適合結婚生活的人吧……實在是令人不得不擔心，但也不能把這話說出口。

把兩人的照片裝進單字本裡，剛好就滿了。我把本子交給老婆，幾乎是跌坐在窗邊那大桌前的椅子上。

「總覺得累壞了……」

一邊碎碎念，轉頭看到桌邊有個不鏽鋼托盤上放了咖啡杯、砂糖壺和牛奶壺，旁邊還有個保溫瓶。

桌子正中央放了一封信。那不是像單字卡那種為了方便使用、裁切成小小張的紙，而是普通尺寸的信紙。封面上是琴美的字跡，寫著「給爸、媽」。

老婆在桌前的另一張椅子坐下，拿起了信封。

「這也是那孩子給我們的呢。」

「看字就知道啦……」

我接過信封的同時回嘴。

「欸，拆開來看看嘛。」

翻過來一看，背面是有封緘的。

「怎麼覺得有點恐怖，不太想看耶。」

我忍不住喃喃念著，老婆也重重點了頭。

「還是我們先來喝人家準備好的咖啡吧？」

我愣愣看著信封，搖了搖頭。

「不，還是先看吧。要是喝了咖啡，感覺會更不想拆開來看。」

桌邊還貼心地同時放了筆盤，上頭擺的是一把拆信刀。將那有著優雅曲線的刀尖插進封口，略略感受到紙張抗力的同時，也輕鬆地就拆開了信封。

裡面是對摺的信紙，米白色的紙張略帶厚度，攤開來就幾乎看不到摺痕了，相當具韌性。墨水顏色鮮豔卻又沉穩，讓人聯想到夜空或者深海的顏色。

給爸媽

剛才讓你們回顧了我出生以來的二十八年。

還開心嗎？我選照片和寫單字卡的時候覺得好開心。

我要先說，謝謝你們答應我的婚事。

畢竟我跟對方年齡有點差距，大輔又曾經離過婚，我還以為你們會反對。

所以當你們說「恭喜」的時候，我真的是高興得哭出來。

我會選擇大輔，是因為覺得和他能夠成為像爸媽這樣的夫妻。無論有多麼辛苦，都能像你們這樣幫助彼此。

在我第一次必須要用英文做簡報的時候，

大輔幫我做了背誦用的筆記，他用單字本做的。

看到那個我馬上就想起了爸幫我做的單字本。

「這裡要停一拍！」還有「要記得第一個重音必須清晰」之類的，

他細心寫下的建議，真的對我很有幫助。
雖然先前覺得不知道該怎麼跟他相處，但就從那時起忽然開始在意起他。
下個月，我就要到比東京還遠的外國。
除了大輔以外，在那片全部都是陌生人的土地上，我也很不安、不知道自己是否能繼續努力。
但我畢竟是爸媽的孩子，所以我想一定沒問題的。
我們也會努力共築一個像爸媽這樣的家庭。
我想應該是沒辦法經常回國來，還請你們耐心等待。
如果真的覺得非常寂寞或者有什麼困擾，我會寫信給你們的。
如果你們可以回信給我，我會很開心，因為這樣我可以一再讀你們給我的信。
最後我要再說一次，二十八年來謝謝你們的照顧，真的非常感謝。
我能成為爸媽的女兒，真的非常幸福。
畢竟我還不成熟，所以將來大概還會給你們添麻煩。
不過我也會努力加油的，今後也請多多指教。

我把信紙遞給老婆，默默站起身。望向窗外，恰巧有宜人清風吹過，柳葉沙沙作響。定睛一看，窗戶玻璃上映照出一個雙眼淚汪汪的老年男性。過了一會兒我才發現那是自己，那不中用的表情實在太有趣了，我忍不住笑了出來。

「你幹嘛看著自己的臉笑啊？好啦喝個人家幫我們準備的咖啡，冷靜一下吧。」

老婆用說教般的平穩聲音喊著我。

「我才覺得妳也未免太冷靜了吧？讀了那種信怎麼還能心平氣和……」

一邊碎念著回頭一看，才發現老婆臉上也有淚痕。

「因為就……安心了，還以為只有我哭呢。」

「什麼啦，我也是會哭的啊。」

「這麼說來妳以前很常哭呢。」

老婆輕聲笑出來，一邊倒出保溫瓶的咖啡，同時搖了搖頭。

「我覺得最近是你的淚腺比較發達呢。」

「……的確是啦。」

用手背擦了擦眼淚回到座位，端起剛倒好的咖啡就口。

「真好喝。」

忍不住稱讚出聲。苦味和酸味都不會過於強烈，然而鑽進鼻腔的香氣卻那樣芳醇，就連平常只喝即溶咖啡和罐裝咖啡的我，也是喝一口就知道這有多高級。

「真的很好喝耶，如果買咖啡豆帶回去，不知道能不能一樣好喝？」

「這很難說吧，或許泡咖啡也有訣竅。要是想喝的話，就請對方告訴我們是從哪裡叫的咖啡，我們再來銀座就好了。」

我跟老婆對看了一眼，一起噗哧一笑。流過眼淚以後，似乎心情也比較開朗了。

「對了，有件事情想跟妳商量……」

「怎麼啦？這麼嚴肅。」

我把咖啡杯放回桌上。

「明天是第一次見大輔的父母親吧？其實我準備了用來向對方問候的筆記……就在網路上查一下、很普通的句子，但又覺得這樣我作為琴美的父親好像有點丟臉。」

「還想說你是在查什麼呢，原來是那個？」

我輕輕點了頭。

「嗯……因為妳好像很忙啊。」

「也是啦。所以你打算怎麼辦？」

「我想說我們可以一起想一下，應該怎麼改比較好。畢竟我實在沒有文采啦，妳可是人家來問說要不要出書的人耶，就教教我吧。」

老婆的眼睛轉了一圈。

「一起想當然是沒問題啦……可是我也沒自信呢。」

正當我們不知如何是好，聽見後面傳來搭話聲。

「打擾了。」

猛一回頭看見寶田先生正從樓梯口走過來。

才慌張要起身，他卻說著：「沒關係，請坐、請坐。」然後走了過來。

「如果兩位正在喝咖啡那就太好了。送咖啡過來的咖啡廳剛才拿了閃電泡芙過來，兩位也請用吧。」

寶田先生從手上的托盤拿起純白色的盤子放在我們眼前。

「哎呀，看起來真好吃。」

老婆忍不住讚嘆。

「是的，這跟咖啡相當對味。我還是有準備叉子，不過也有溼毛巾，推薦兩位還是用手拿起來吃。裡面是甜度沒有那麼高的卡士達醬，但是口味非常濃厚，與包裹泡芙皮的微苦巧克力搭配，相當絕妙。」

寶田先生笑咪咪說著。

「真是太麻煩您了……實在相當感謝。」

老婆站起身來彎腰致意，我也慌張低下頭。

「還請抬起頭來，這都是依照琴美小姐指定內容準備好的東西。她真的是非常體貼爸媽的好女兒呢，而且明天就要舉行婚禮了，恭喜兩位。」

我看了一眼身旁的老婆，輕輕點了頭。

「因為女兒這麼好，我希望見對方家長的時候，能夠不丟她的臉。不過我跟老婆都沒有在這麼嚴肅場合上跟人見面、問候對方之類的，所以正不知如何是好……」

寶田先生聽我這麼說，表情依然柔和，輕輕搖了搖頭。

「若問我的話……無論是什麼樣的問候，只要是新娘的父母親盡心說出來的話，都是非常棒的。更何況兩位可是養育出琴美小姐這位優秀女兒的人，我想只要抬頭挺胸將內心話說出來，一定就是最棒的問候了。應該不需要太拘泥於什麼形式，只要留心好好品味每個辭句，簡單易懂就可以了。說起來其實有這樣煩惱的人意外的還挺多的呢，本店也常有人來詢問類似的問題。承蒙大家愛戴，所以我多少有點經驗，應該算是能幫上忙。首先還是請坐下。」

我照他所說重新回到椅子上，看見窗外的景色。日頭已經西斜，銀座小巷裡灑滿橘黃色光芒。

位於銀座小巷的文具店四寶堂，店主寶田硯從巷子裡露臉，看見附近咖啡廳「托腮」的看板女孩良子正從郵差手上接過一疊信件。

「阿硯，午餐久等啦。我剛才遇到郵差，就順便收了這些。」

良子將橡皮筋綑起的一疊郵件交給硯，接著把會計櫃檯一旁的小桌拉出來，鋪上桌巾，開始擺起外送的三明治。在旁邊確認郵件的硯發現一封比較特別的信件。

「咦，這封來自很遠的地方呢。」

他喃喃說著，用拆信刀開信。

「誰寄來的？」

「六月的時候結婚的琴美小姐。」

「喔，那個很漂亮的小姐。我記得她結婚之後馬上就跟老公一起出國了對吧？」

「對，應該是從那邊寄過來的。」

信封裡除了便箋以外還有一張照片。照片正中央是穿了婚紗的琴美，兩邊則是她的爸媽鐵男和美穗。三人的笑容都非常祥和，就連看照片的硯和良子也忍不住微笑起來。

「哇──好漂亮……真好。這種給人清秀又簡單的禮服也很棒耶？還是你覺得華麗一點比較好啊。」

「這個跟我商量也沒用吧……」

「真是的！你也稍微有點興趣吧……不過這種禮服會凸顯出身材線條呢，得要努力減肥，否則沒辦法穿。」

硯隨口回應著良子，打開了裡面的信箋。內容是用藍色墨水寫的，那鮮豔的藍色讓人聯想到琴美居住的遙遠城鎮的海洋色彩。

前略

先前實在多受照顧。託您的福，我順利舉行了婚禮。真的非常感謝。

這幾年我覺得雙親的關係跟從前不太一樣，總覺得很不安，也非常遲疑是不是能這樣丟下兩人去國外，但總算是讓他們恢復了關係。

您總是默默傾聽我隨口提到的煩惱、給我建議，讓我能好好與家裡走到現在這一步，我真的非常感謝您。我想，要是沒有寶田先生您的協助，我家應該已經分崩離析。真的是太謝謝您了。

在婚禮的時候，父親一直很緊張，但最後他的問候實在是非常棒。雖然有點結巴，感覺也很緊繃，但我真心覺得身為他的女兒真是太好了。

我告訴父親說，他說得真的很好，結果他笑著說：「是託了寶田先生和妳媽的福啦。」然後又跟我說：「也幫我們向寶田先生打聲招呼喔。」

原本我應該直接過去跟您道謝的，但實在是抽不了身。雖然不知道會是何時，但我回國後一定會去拜訪您的。到時也請多多指教。

敬上

硯把信箋收回信封裡，喃喃說著「還請幸福」。

「啊？什麼啊！」

「好啦好啦。」

位於東京銀座的文具店四寶堂，今天時間依然緩緩流動。

〈剪刀〉

「欸，晴菜，能幫我做這個嗎？」

涼香將掃把塞給我。

「咦……為什麼？我又不是值日生。」

「我們有很重要的事情啦，附壓克力立牌的版本數量有限啊。欸，拜託妳了啦。」

涼香那一群女孩子硬是朝著我膜拜說著：「拜託啦！」一邊後退，就這樣穿過教室門口然後一口氣跑往走廊去。隨著遠去的腳步聲還傳來「沒問題吧？她會不會跟老師說？」、「不會啦！」這些話語。

我輕輕嘆了口氣，將掃把立在講臺角落，開始把書桌一張張往後拉。這算是霸凌嗎？雖然她們不至於刻意把我排除在外，也沒有對我施加暴力，但總是把這些麻煩事推到我身上。她們很清楚我這種優柔寡斷無法拒絕他人請求的個性，但我也沒辦法啊。

一開始到底是什麼事情造成的呢……或許是暑假前在聊「喜歡的偶像」話題時，我不該脫口說出那麼奇怪的事情吧。

在大家聊著傑尼斯、ＬＤＨ以及韓團之類的話題說得正高興時，忽然有人問我：

「晴菜呢？妳喜歡誰？」

「呃……宮澤賢治[1]跟中原中也[2]。」

因為太過突然，我脫口說出了喜歡的詩人，馬上就後悔了。應該要稍微思考一下然後說個什麼我聽過的偶像團體才對，雖然那樣的話，可能會有人問我喜歡那個團體的哪個人？或者喜歡哪首歌？之類更深入的問題吧。所以我告訴自己，沒有說謊還是比較妥當的吧。

後來她們大概是去網路上搜尋了我說的，開始老是說什麼「晴菜就是『YUAN YUYON YUYAYUYON』[3]對吧」，拿中也〈馬戲團〉裡面的段落來鬧我。

我也沒有特別想加入她們，甚至希望她們不要來干擾我。在我眼裡看來，班上的所有人都跟小孩子一樣，實在很難跟他們對話。雖然為了不讓爸媽擔心而乖乖上學，但我真的是想盡早脫離這裡。

我想趕快長大去工作，用自己賺的錢隨意買喜歡的書和文具，想過著和那些不會輕視賢治和中也的成熟朋友靜靜喝茶的生活。

對了，明天要去職場體驗實習。不知道會跟誰一起，不過我要去最喜歡的文具店四寶堂進行職場體驗。一邊期待著，將想要吶喊的心情好好放在心裡，默默做著被迫完成的打掃工作。

「唷，晴菜。」

三橋同學把肩上的書包放下，喊了我一聲，我忍不住嘆口氣。雖然老師跟我說：「要過去的另外一個人還在協調，妳可以直接去那邊等嗎？」沒想到居然會是三橋同學。

我今年是第一次跟三橋同學同班，他是足球社非常厲害的王牌球員，據說甚至有實力被選為東京都選手。他很高、運動神經出類拔萃，所以非常受女孩子歡迎。而且他又是跟所有人都能混熟的個性，總是處在集團的中心，在我眼裡看來他實在太過耀眼，可以的話我實在不想站在他旁邊。

「這裡就是文具店『四寶堂』啊？我第一次來呢。」

「咦？」

我忍不住在心中吐槽：「你沒來過？虧你還選這裡實習？」

1. 日本知名童話與詩人作家，最有名的作品包含童話《銀河鐵道之夜》與詩作〈不畏風雨〉等。
2. 日本知名詩人，以詩集《山羊之歌》聞名。
3. 此段原詩文即無意思，是純粹感受節奏的讀音句子。

「畢竟筆記本跟自動鉛筆之類的，不是都能在便利商店或百元商店買到嗎？其他那裡沒有的東西我就上網買，現在還會有人特地來文具店嗎？」

「唉……」

根本無法對話。當然，如果是小東西的話我也會在便利商店買，但是要長久使用的東西，或者是想要比較可愛的東西，就會想要去品項比較齊全的文具店挑選啊。說起來就算沒有要買什麼，在文具店裡看這些東西也非常開心，所以我至少每星期都會來一次四寶堂。

我們一起站在圓筒形郵筒旁邊眺望著店門口，默默凝視著自己穿著制服的身影倒映在那擦拭得相當亮麗的玻璃門上。這時裡面走出了一位大叔，以流水行雲般的腳步來到我們眼前，然後低下了頭。

「早安。」

我慌張地放下肩膀上的書包，也低下了頭。

「早、早安。」

一旁的三橋同學也跟著「早～」地簡短說了一句，然後跟著點點頭。

「是三橋瑛太同學和田川晴菜同學對吧？久等了。哎呀，站在這兒說話會給過路的人添麻煩，沒辦法好好談，還是先請進到店裡吧。」

大叔五指並攏將手比向店門口說：「來，請進吧。」

「謝啦。欸，進去囉。」

就連這種時候，三橋同學也是一副天不怕地不怕的樣子。

「來，田川同學也請吧。」

在大叔的催促下，我也踏入店中。

「唔哇——好～寬敞喔！晴菜，這個高度應該都能打羽毛球了吧？」

「……唔，嗯。」

其實我真的很想吐槽他說：「不要那麼大聲啦！」但我當然沒辦法說出口。

聽見我們的對話，身後的大叔輕聲笑了出來。這個大叔臉上總是掛著非常溫和的笑容，搭配相當沉穩的聲音說話。幾乎一整年都穿搭淺藍色襯衫、深藍色素面的領帶，以及灰色的長褲和黑色皮鞋。不過天氣變冷的話，有時候會套個針織衫之類的。

雖然我只有買螢光筆、筆記本、信紙組這類幾百圓的東西，他還是對我很客氣，找錢的時候都拿出閃閃發光的全新硬幣。

「重新自我介紹。我是四寶堂文具店的店主，叫做寶田硯。」

沒想到大叔，呃寶田先生竟然遞了名片給我們。這是上面只有印店家名稱、寶田先生的名字以及地址和電子郵件信箱的簡單名片，但是相當有格調、感覺很帥氣。

「這個字是要用音讀念『ken』嗎?是硯臺的『硯』字對吧?」

三橋同學盯著名片問,真希望我也能像他這樣輕鬆跟別人聊天。

「是的,正如您所說。」

「這個名字感覺好有文具店氣息喔。啊對了,叫我瑛太就好,其他大人都是這樣叫我的。而且不要對我那麼客氣啦,我又不是客人。」

三橋同學老是這個樣子。其實我真想拉著他的袖子跟他說「欸,這樣很沒禮貌耶」,實際上卻動彈不得只能呆站在一旁。

大概就那麼一秒,寶田先生愣了一下,馬上笑了出來。

「哎呀,真是抱歉。敝母校的學弟妹們還真是非常可靠呢,太好了。其實我自己也明白這點,不過一旦人在工作,就很容易變成這樣的語氣。而且……或許我這種想法有點老古板了,但是說到直呼別人名字,總覺得不夠熟的話,反而很失禮呢。」

寶田先生看來有些為難,他明明年紀應該比我們大很多,卻感覺很活潑。

聽寶田先生這麼說,三橋同學搖了搖頭。

「我先前念的國中還有小學,大家都是互相叫名字啊,頂多就是多加個『同學』之類的。對吧?晴菜。」

「是、是呀……」

我想應該沒有那回事吧……但又覺得也不用特地否定這種事情。
「是這樣的嗎？」寶田先生一臉驚訝。
「畢竟姓什麼可能會因為爸媽的問題而變動對吧？而且還有些人爸媽是外國人，姓氏有夠難叫的，有的國家還根本沒有姓氏，所以最近甚至有很多老師也是叫名字。」
「原來如此！真是增廣了我的見聞。」
三橋同學輕輕點了點頭。
「當然我想應該是有地方差異的啦，不過至少在我生活的環境裡是這樣。而且畢竟我是要來實習的啊，就算只有一天，你也是我的上司對吧？請不要在意，叫我名字就好了啦。」
三橋同學把接過來的名片收進外套口袋裡說著這些話。要是直接放進口袋，可能會摺到啊！我一邊如此想著，從內袋裡拿出了學生手冊，把名片夾進去。
「這樣啊……那麼今天一天，我就稱呼兩位為瑛太同學和晴菜同學，但也請兩位喚我硯先生就好。」
「硯先生啊……聽起來超帥的喔，沒問題。」
三橋同學咧嘴露出大大的笑容。
「那麼就先到二樓去放一下東西吧。」

我們跟在硯先生後面往店後方的樓梯前進，畢竟還沒有開店，所以沒有開太多燈，能夠清楚看見陽光從窗戶灑進來的樣子。

平常樓梯總是掛出「現有工作坊活動！」或者「本日工作坊已結束」等看板阻擋一般客人上樓，不過現在看板被挪到了一旁。從看板旁邊走過、上了階梯，中間有個頗為寬敞的小平臺，可以俯瞰一樓店面。

好幾年前我曾經參加過手工藝的工作坊，就那一次，我在這裡往下看著店面。當時擺在此處的小桌椅，今天也仍然在同一個地方。

「感覺很棒耶。」

三橋同學毫無顧忌地一屁股坐到那椅子上，透過扶手探頭看向店面。

「啊！怎麼……怎麼可以擅自坐下呢？」

我很難得沒有多想一會兒就把話脫口說出，因為實在是太驚訝了。

「不會啊，請坐，不用客氣。晴菜同學也來這裡坐吧。」

硯先生幫我拉開了三橋同學對面的椅子。

「可以嗎？」

「當然囉。其實已經光顧本店幾十年的常客當中，有人還喜歡坐在這裡喝咖啡呢，他會在這裡靜靜地望著店面一小時左右。但我自己是勞碌命，就連五分鐘都坐不住。」

「的確，我也覺得坐夠啦，是這邊對吧？」

三橋同學很快起身，自顧自繼續爬樓梯走向二樓。難得人家都請我們坐了……或許是讀懂了我的表情，硯先生輕輕點了頭。

「妳可以再抽空來好好坐的，畢竟晴菜同學也是本店的常客啊。」

「咦？」

「妳每個月都會來幾次吧？大多是買信紙組或者筆類。啊對了，過年的時候妳買了鋼筆。」

嚇了我一跳，沒想到他會記得我。

今年過年的時候，我拿紅包咬牙買了鋼筆，就是在四寶堂這裡買的。那時候硯先生還花了前後大概一小時指點我很多東西。

「這是百樂的 CUSTOM 742，筆尖種類繁多。首先除了基本的六種以外還有觸感比較軟的三種，稍微特殊的筆尖七種，總共有十六種。還請務必每種都試一下，找到您覺得最合意的。」

他這樣說完以後，就開始說明每一款筆尖，然後讓我試寫。硯先生盯著我寫字的樣子說：「我想妳應該用這個會比較順手。」然後遞給我其中一款，慎重其事地點點頭。

「這是M尖，筆稍微拿直一點應該會比較好。如果要寫手帳本之類需要把字寫比較小的話，也推薦您可以選擇比較細的F尖或者FM尖。但若是用來寫信或筆記本這類字跡會大一些的，那麼應該是用M尖比較好。」

先前買其他東西的時候，從來沒有店家會如此認真地評鑑，也不會這麼細心地向我說明，所以印象中那時候我還有點緊張呢。

把書包放在二樓有個稍微高起的榻榻米小平臺上，把學校給我們的「職場體驗實習生」臂章用安全別針固定在制服左邊袖子以後，就和三橋同學一起回到一樓。

已經先下樓的硯先生單手拿著平板電腦，在櫃檯前那塊比較寬敞的空間等著我們。

「我得先自首，平常我都是一個人工作，所以接下來要做的事情，其實我平常不會做。」

「接下來要做的事情是什麼啊？」三橋問著。

硯先生說話的語調已經比剛才柔和許多。

「首先應該是做個廣播體操，然後開個朝會之類的。畢竟馬上就要你們工作的話，你們在寫要交給學校的報告時，可能會比較難寫……」

「我贊成做廣播體操，不過朝會應該就不用了吧？在活動身體之前本來就應該拉個筋暖暖身之類的，所以我覺得做體操是個好辦法。不過朝會反而會讓人想睡覺，我反對。」

聽三橋同學如此悠哉發表意見，硯先生深表同意點了頭。

「那就這麼辦吧。不過說老實話這樣我也鬆了口氣，我先前也很煩惱該說點類似訓話的東西，還是講些問候的話語就好呢。」

我們三人忍不住看著彼此笑出來。

「那麼就先做廣播體操吧。」

硯先生將話題告一段落之後，操作起平板電腦，沒多久就聽見那熟悉的旋律。

「真是神奇啊……我幾年沒做了呢？想來應該是有很長一段時間了，不過身體還是記得呢。」

硯先生邊揮動著兩手邊說。

「大概多久啊？」

三橋同學問著，他彎下腰的柔軟度真是嚇人。這個人的運動神經在學校可是毫無疑問的第一名，就算只是做個廣播體操之類的也能讓人確實感受到這點。雖然我自己是羽球社的，但根本不會被派出去比賽，跟他差得遠了。

「嗯——我回來這間店之前是在飯店工作，那時候是每天都有做啦……大概十年前了吧。」

「哇——」

我和三橋同學異口同聲發出驚嘆。原來如此，一邊做體操一邊閒聊，或許能夠讓大人們縮短彼此間的距離。

「啊，對了……為什麼您今年開始收體驗職場的實習生啊？」

我下定決心開口詢問。硯先生一邊做出體操最後的深呼吸動作，同時點點頭。

「嗯，其實校方之前就有來請我幫忙了。不過這附近店家很多，想說就算我沒有幫忙，學校那邊應該還是有辦法吧。不過近來銀座這一帶個人經營的店家已經逐漸減少，還有很多因為後繼無人所以結束營業的。我聽說因為這樣，能夠收實習生的店家也少了許多，畢竟我自己也是那裡的畢業生，想說還是該參加了吧。當然連鎖百貨公司或者餐廳之類的能一次收很多人，不過這樣一來，大家的經驗不就都一樣了嗎？所以我覺得，來看看本店這種零售店家應該也不錯吧。雖然這樣講實在有點不好意思就是了。」

那大概是四個月前的事情，學校發了要在秋天進行的職場體驗實習意願調查表。除了例年來都有協助舉辦的警察局、消防署、車站、醫院、百貨公司、快遞站、育幼院、餐廳等等地方以外，看見上面列出「零售商．四寶堂文具店」的時候，我驚喜地「哇！」了一聲。我真的非常高興。

「不過其實啊……我聽老師們說，意願表中填寫本店的人數就這麼剛好兩位而已呢……要是瑛太同學和晴菜同學沒有報名的話，可就連最低人數都達不到了。哎呀，我真的是緊張死了。」

真驚訝，沒想到居然會這麼不受歡迎。

「沒有耶，我不是自己報名的。我忘記提交意願表，結果老師就跟我說『你就自動排去四寶堂！』。」

這種事情不用特地告訴硯先生吧……我忍不住瞪了三橋同學一眼。

「哎呀，果然如此……到底是哪裡不好呢？店名太老氣了嗎？」

「的確『四寶堂』聽起來就很嚴肅呢。」

聽三橋同學這麼說，我忍不住開口反駁。

「才沒有那回事！我很喜歡四寶堂這個名字。我想應該由來是文房四寶吧……有種歷史感，很有銀座的風格。大家只是想跟要好的朋友一起，所以才都報名錄取人數比較多的地方啦。還有就是喜歡小孩子的人會去育幼院，想著搞不好能撈點好吃東西的人就會去餐廳之類的……喔，還有啊，去年之前的學長姐寫的實習報告都還在圖書館，可能也有些人會看他們報告覺得好像哪裡不錯就去了。所以……那個，我想明年一定會很多人想來的。」

三橋同學睜大了眼睛。

「我好像是第一次看到晴菜這麼激動耶。」

「才、才沒有那回事。」

猛然覺得實在不好意思，不過的確如此，我今天是怎麼了呢。

「謝謝妳。但我真的覺得你們兩人能來真是太好了。瑛太同學會老實告訴我很多事情，晴菜同學又相當關心本店，四寶堂第一次接待職場體驗實習的學生，肯定沒有比你們兩位更適合的人了。」

硯先生低下頭對我們說著。

「怎麼覺得好像還是開了朝會。」

三橋同學嘻嘻笑著，硯先生也回他：「的確是呢。」

我第一次遇到這麼溫柔又不把我當成小孩子來應付，而是好好把我當作一個普通人來應對的大人。學校的老師或者羽球社的教練也有和硯先生年紀相仿的人，但是他們都自顧自說話或者對我們發脾氣，根本沒有願意好好跟我說話的人。

「好啦，那麼我們就開始吧。請到這邊。」

我們跟在硯先生後面走過去。雖然這是我很常來的店家，但如今不是以客人的身分，而是要來實習工作，總覺得眼中看到的店面也不太一樣。

排列著商品的陳列架打掃得相當乾淨，連一粒灰塵都沒有。大概是關店後重新整理過吧，每個商品都是正面整整齊齊排好，商品前面還有用手寫的商品名稱及價格小牌子。

跟在我後面的三橋同學大概是發現了我在看的東西，彎下他高大的身體將臉湊向商品架。

「這全部都是手寫的耶，我本來以為只是用手寫字體做的印刷品。」

「是的，其實我試了很多種，最後才決定用手寫的。一開始只有用印章蓋好價格放在旁邊，但是客人拿商品的時候可能動到牌子，結果就搞不清楚到底哪個價格牌是哪個商品的……因為會有這種情況，所以我後來試著用活版印刷機去印商品名稱的標籤，但不管用哪種字體都感覺好像不太對……所以最後我的結論是，還是好好用手寫吧。喔當然，標籤紙、墨水、文字大小跟線條粗細，也是我嘗試很多種以後才得到的定案。」

「哇。不過自己在意的東西馬上就能看到，又不會覺得其他的東西礙眼……好神奇喔，是不是因為就是用手寫的啊？」

我正想這麼說！心中一邊吶喊，但只是輕輕點頭表示贊同三橋同學。

「聽你這麼說，讓我覺得辛苦得很有價值呢。我以客人身分去其他店家的時候，也很容易觀察起別人的陳列和標價方式這些小地方。除了文具店以外，就連服飾店、書店和餐飲店也一樣。我無論去哪裡，老是眼睛就飄向那些地方。有時候就連我比較好的朋友都傻眼地說我『不能正常點買東西嗎？』之類的呢。」

就在我們聊著這些話的同時，已經來到了面對馬路那扇大窗戶附近的小商品活動區前。這個商品區大概是家裡餐桌大小的平臺，和裡面商品架相鄰的那一面貼了約一公尺寬的板子，上面大大寫著「秋天活動好幫手！」的文案。

「那麼，我要麻煩兩位的工作，就是幫忙更換這個促銷陳列區。」

「更換促銷陳列區？」

我和三橋同學異口同聲詢問。

硯先生點了點頭，在店內踱步並且繼續說著。

「促銷陳列區是比較特別的陳列區，順帶一提沒做促銷的區域被稱為『一般陳列區』。一般陳列區基本上會把固定的商品放在固定的位置上，通常決定要在店內銷售的商品，至少都會有半年放在同一個位置。」

「哇，是喔。」

三橋同學漫不經心地回應著。

「是的，相對於一般商品來說，促銷商品大概是每個月更換一次。順帶一提本店的促銷區域總共有三處，這是最大的。再怎麼說這裡是從入口就能清楚看見的地方，而且面對大馬路比較明亮，所以有很多客人都會走過這裡。也是因為這樣，端看這裡放了些什麼，甚至可以說會左右那個月的銷售情況。」

「……這麼重要的陳列區，讓我們幫忙真的好嗎？」

我忍不住擔起心來。

「我不是要請你們『幫忙』，而是要『交給你們』喔？」

硯先生嘴角浮起柔和的笑容回答。

「咦？」

「所以說，我是要請你們兩個人幫我把這個促銷陳列區整個換掉。」

我和三橋同學對看了一眼，硯先生似乎不太在意地繼續說著。

「首先要請你們兩個人從店裡的商品裡面選出覺得放在這裡應該還不錯的東西。可以定個主題去選擇東西，也可以單純挑你們喜歡的。接下來請想想要怎麼陳列，才能讓你們挑選的商品看起來更有魅力，同時也想請你們製作用來宣傳促銷品的文案板子和商品說明之類的東西。」

「就是做ＰＯＰ嗎？」

三橋同學插嘴問著。感覺他對我不知道的單字也很熟悉，有點帥氣呢。

「沒錯，正如你所說。ＰＯＰ是『Point of purchase』也就是『購買時機』的縮寫，不過一般來說就是用英文的『ＰＯＰ』，在零售業界應該就可以通用了。ＰＯＰ扮演的角色是讓客人了解商品特徵等，據說有著相當強大的促銷效果。還請務必想一些能夠讓客人忍不住停下腳步、把商品拿起來的ＰＯＰ。」

我和三橋同學又對看了一眼，他的臉上寫著「不會吧？」的表情。

「那個，我們大概有多少時間可以用啊？」

「這個嘛，今天之內做完就可以了。喔對了，老師有跟我說『十二點到一點是午休』，所以那個時間請兩位好好休息。另外就是在回去之前必須要有三十分鐘讓你們寫報告，所以目標是下午四點半完成，上午跟下午的時間加起來總共是六小時左右。」

「六小時……」

我又跟三橋同學異口同聲，不過接下來的臺詞就完全不一樣了。

「這麼多時間很輕鬆啦！」

「只有這麼點時間……」

我虛弱的音量就這樣被三橋同學從容的聲響蓋過。

硯先生聽了我們的反應，若有深意點點頭。

「如果心裡有想做的展示概念的話，我想做這件事情本身應該只需要兩到三小時。問題是要選擇什麼樣的商品、怎麼陳列，也就是決定整個陳列區的大方向。順帶一提到昨天為止，就是這個板子上面寫的『秋天活動好幫手！』作為主題的展示，所以基本上來說可以打造成你們兩人喜歡的樣子，但是請不要跟剛結束的活動重複。」

如同硯先生的說明，陳列區內現在是園遊會、運動會、社會科實習，還有賞彼岸花跟楓葉等秋天會舉辦的活動，又或者是大家從事的活動中可能使用到的文具以及雜貨，真的擺了各式各樣的東西。集中在這裡的商品都放了一張名片大小的ＰＯＰ，每一張都用非常工整的文字寫著商品特徵，還畫了小小的插圖，讓人能夠聯想到什麼時候可以用這個商品。

「呃，那就是要先把這些東西收起來，然後想新的東西放在這裡？」

我看了看手錶問道，現在可不是閒聊的時候，我們已經少了大概五分鐘左右。

「不，放在這裡的商品我來收拾就好，撤掉這些東西應該不需要三十分鐘，在這段時間內你們兩個人可以思考一下要放什麼東西。啊對了，我想應該先看一下店裡，掌握我們店裡有什麼商品會比較好。不過晴菜同學應該相當清楚本店有些什麼東西，我想是不需要先瀏覽……但時間要怎麼分配，還是交給你們自己商量就好。該休息或者是午餐時間，我會再告訴你們的。還有其他問題嗎？」

硯先生話聲剛落，三橋同學馬上舉手說：「我有問題！」

「什麼問題呢？瑛太同學。」

硯先生回答的語氣就跟老師沒兩樣。

「開店是幾點呢？」

「十點。」

回答很簡單，三橋同學卻用力點頭繼續說著。

「如果有客人問我們問題，那要怎麼辦呢？」

「請馬上來找我。接待客人畢竟還是有點困難，我並沒有打算讓兩位來做。」

「太好了……我還想說要是有人問很難的問題，該怎麼辦才好呢。但我不好在客人面前大叫硯先生之類的吧？」

「沒問題。你就大聲喊個『店長──』我會馬上飛奔過去的。」

「欸我怎麼覺得硯先生你是真的會用飛奔的過來耶。」

看他們兩人講話的樣子，就像是年輕的叔姪，又或者是年紀差了多一些的表兄弟。總覺得只有我一個人被排除在外，真討厭。

「好啦，那我們開始吧。」

三橋同學這麼一喊，硯先生又說「等等」，然後從促銷陳列區底座的抽屜裡，拿出兩副全新的止滑棉布手套遞給我們。

「不好意思要麻煩兩位，拿商品的時候請務必戴著手套。」

「是因為怕指紋沾到會弄髒商品嗎？」

三橋同學戴起手套問著。

「一方面是那樣，但主要是怕紙張割到手，或者是碰到櫃子邊角之類的地方。如果有戴手套的話多少能避免受傷。」

硯先生的兩手不知何時也已經戴上手套。

「我自己也是都會戴手套工作的。以前有幾次空手處理這些東西，結果就被紙箱割傷，要不然就是被報告用紙的封面劃到……這種疼痛跟被刀子割傷不太一樣，其實要一段時間才會好，挺麻煩的，所以還是要小心一點喔。那麼就請兩位開始工作吧，請多多指教。」

「好的。」

這次我跟三橋同學的聲音倒是完美合奏，硯先生看著我們點了點頭，開始收拾起促銷區域的商品。

他的動作非常俐落、沒有絲毫拖泥帶水，明明只是在工作而已，卻讓人覺得像是在看一場舞蹈或者魔術表演。可以的話，真希望在這邊看他俐俐落落把東西收拾完。

「欸，晴菜。我說晴菜啊。」

聽見三橋同學的聲音，我猛然回神。

「咦？喔，嗯，對。怎樣？」

「還怎樣咧。剛剛人家說只有六小時的時候，妳還慘叫，現在是發什麼呆啊。要怎辦？」

「怎辦？我怎麼知道……三橋同學你才是咧，剛才不是一副很輕鬆的樣子嗎？想來應該是很有想法吧？」

三橋同學緊張地探頭看著店面。

「我哪有什麼想法啊，畢竟我可是今天第一次來這間店耶。啊對了，妳可以不要再叫我三橋同學了嗎？我最討厭的那個補習班老師，每次都大聲喊我『三橋同學！』，妳會害我想到他啦，妳叫我瑛太就好啦。所以晴菜妳常常來這裡嗎？」

「我是很常來啦……但我哪有辦法提出什麼像樣的建議啊。」

三橋同學一臉「搞什麼啊……」然後瞟了瞟我。看著他的表情，我忍不住嘆了口氣。這個人根本就不了解，要是其他女學生看見我這種人居然毫無顧忌叫他「瑛太」，可不知道會引起什麼樣的騷動呢。嗯，不過，反正今天也沒有其他人，我就不要在意這件事情，喊他瑛太好了。

瑛太拿起了一個擺在通道旁邊的購物籃。

「嗯，算了，總之就先在店裡繞一圈吧，看看有哪些東西。啊對了硯先生，我們可以用這個購物籃嗎？我想拿來放覺得有意思的商品。」

「當然囉，不要說一個，幾個都沒問題，有需要就拿。」

感受著背後投來硯先生溫柔的視線，我追上瑛太的腳步。

結果光是在店裡繞一圈拿一些覺得有意思的商品，就花了一個多小時。不久前就已經開店了，之後還來了好幾位客人。我一邊偷看忙著結帳的硯先生，一邊回到促銷陳列區，果然原先陳列的商品都已經收得乾乾淨淨，只放了一個招牌，是一臉抱歉的貓咪和兔子在寫著「商品替換中」的看板前鞠躬的圖樣。

「好啦，這下該怎麼辦？」

瑛太把兩手提的購物籃放在促銷陳列區上，然後看著我。

「怎麼是問我怎麼辦……」

正當我含糊其辭，硯先生便突然冒出來。他剛才明明還在跟客人說話啊，什麼時候過來的呢。

「看來收穫豐富呢，我還想著要是你們說『覺得沒有什麼特別的商品』，該怎麼辦才好呢。」

瑛太誇張地大喊：「怎麼可能啦！」我一臉傻眼地看著他，但還是開了口：

「但是接下來要做什麼呢？又不可能全部在這裡一字排開……」

硯先生點點頭指著天花板。

「那就去二樓吧。你們可以在那邊討論陳列方式，畢竟做好了準備再來擺商品，比較不會打擾到客人，也可以慢慢來。」

上了二樓，硯先生把東西放在一個小平臺上，然後指著前面的工作檯。二樓有六張附輪子的工作檯排成口字形。

「總之請先把你們選的商品放在這邊的工作檯上。」

我和瑛太分工把兩個購物籃裡的東西一個個排在工作檯上，這時候硯先生則用另外兩張工作檯擬出一個促銷商品範圍的作業空間。

「這樣就準備好了。對了，你們有決定陳列的概念了嗎？」

瑛太和我看了一眼彼此，這是今天第幾次了啊？

「那個……該說是在意嗎？我只是挑了一些自己想要的東西。」

在我這含糊其辭的回答之後，瑛太也插嘴。

「老實說我的感想就是，原來有這麼多種東西喔……而且也有很多讓我覺得『這種東西誰會買啊？』的耶。對了，應該有很多那種嘗試進貨看看，結果一個也沒賣掉的東西吧？」

雖然瑛太講話老是這麼沒顧忌，不過我好像也開始習慣了。

「還真是說到我的痛處呢。當然裡面的確有些一年不知道能不能賣出去一個的商品，不過我希望那些因為在尋找『有沒有這種東西啊？』而傷透腦筋的客人在進到本店的時候，能夠馬上把商品交給對方。畢竟這裡是銀座，其實有不少人是要用在商業用途上，由於『馬上就需要！』而衝進店裡的客人其實並不少。」

瑛太一邊念著「你人太好了啦！」又繼續抱怨。

「如果是每年都有人來實習的店家，我們還能問『請問去年的學長姐做了什麼主題呢？』……但我們畢竟是第一組呢。」

硯先生聽了瑛太的話忍不住笑著回答。

「真遺憾，我可沒有那麼好心呢……就算真的有你們的學長姐來過，我應該也不會告訴你們喔。再怎麼說，自己從無到有開始構思打造陳列區，才是這個工作的趣味所在呢。而且對我來說，我也很想看看國二學生會做出什麼樣的陳列區。雖然很辛苦，還是麻煩你們盡量煩惱囉。」

「唔——雖然你這麼說……但是會變成某種標準吧？我們做的陳列區，會變成明年以後學弟妹的……」

瑛太還在喃喃自語，硯先生卻用力搖了搖頭。

「不需要想得那麼嚴肅。而且如果我覺得有什麼問題的話，最後會再調整的。」

「說的也是喔。這樣的話，算了，做了就知道對吧？不過說起來……平常硯先生你都是怎麼思考要打造什麼樣的促銷陳列區啊？」

原來如此，老實的詢問靈感就好了啊。聽見瑛太的聲音，我才發現這件事情。

「這個嘛……正如你所說，本店有相當多種商品，因此平常就會特別留心那種『其實有這種東西喔！』但比較沒有人會特別說要買的少數商品。」

「原來如此……」

我和瑛太的聲音又重疊了。

「不過這樣果然還是應該要稍微減少一些商品吧？雖然硯先生說的那種為了『馬上就需要！』的客人放置商品我是可以理解……不過要是種類太多，反而會很難選吧。」

聽他這麼說，我馬上搖搖頭。

「我也可以理解你的意思……但以我來說，還是會想要實際上自己拿起來看看，確認一下之後才會買呢。」

連我自己都有點驚訝，我竟然正在發表意見，而瑛太也因此看了我一眼。

「現在除了照片以外，也會有人拍使用中的樣子之類的，就算不用拿到手上也可以確認東西吧。」

我們明明同年，但思考方式完全不同。

「那個……那是因為三橋同學……呃，瑛太做什麼事情都很靈巧啊。但我就不是這樣……常常遇到特地買的東西沒辦法好好使用，結果弄得自己很消沉。」

「為什麼啊？啊對了，因為晴菜妳是左撇子。」

一方面其實不單純是因為左撇子，但是他脫口說出這種事情還是讓我感到困惑。

「嗯，也是啦……」

瑛太盯著我的臉瞧。

「感覺話沒有說清楚耶，所以到底是有哪些問題？」

聽見瑛太的聲音，我覺得好像能夠展現出真實的自己。偷看了一眼硯先生，他也一臉興味十足地看著我們。

「……這個嘛，比方說，剪刀。」

「剪刀？啊對了，這麼說來剛才在店面也有看到左撇子用的剪刀對吧？我記得我有Pick up。」

瑛太有時候說話會混著英文，而且還不是用日文念的英文，而是標準的英文。他明明不是從國外回來的，英文的發音卻相當標準，連母語是英語的老師都讚賞有加。他還曾一臉輕鬆地說什麼：「畢竟我將來打算到海外的球隊打球啊，會講英文是理所當然的吧。」

「是這個吧。」

硯先生從排在工作檯上的商品裡拿起了左撇子用的剪刀。

「啊對，就是那個。」

瑛太點點頭，硯先生開始拆起了商品包裝。

「咦？呃，那個……」

我手足無措地喊著，硯先生卻笑著說「沒關係」，然後繼續說著。

「我原先就想著應該擺一支樣品出來展示。好啦瑛太同學，你用右手拿這個來剪看看什麼東西吧。嗯——你等我一下。」

硯先生把剪刀遞給瑛太，然後從設置在小平臺正對面的那些抽屜裡拿出了一張紙，在房間深處的古老大書桌上面寫了些什麼。

「久等了。」

硯先生遞過來的紙張用鉛筆畫了波浪般的曲線。

「那麼請你沿著線剪剪看。」

瑛太照著硯先生的指示用起剪刀。

「咦？」

才剪了一點點，紙張就驟然扭曲。

「不要慌張，慢慢來就可以。」

在硯先生的話語下瑛太點了點頭，重新準備剪紙。這次他非常緩慢地將刀刃垂直夾著紙張剪下去。

「咦？嗯——好難。」

雖然想沿著曲線去剪，但就是會一直歪掉。

「很難對吧？借她試試。」

我從瑛太手上接過剪刀，用左手拿著輕輕鬆鬆剪完。

「嗯，畢竟晴菜是左撇子嘛，這麼輕鬆也是當然的。」

瑛太的語氣似乎輸得很不服氣。

「但是一般的剪刀跟左撇子用的剪刀，是有什麼不同啊？」

在我愣愣看著擺在工作檯上的左撇子用剪刀的時候，聽見了瑛太的問題。

「說什麼『一般的剪刀』聽起來很過分耶，好像左撇子就不是一般人。」

回過神才發現自己口氣這麼衝，語氣之強硬連我自己都嚇了一跳。

「隨口說說而已嘛。呃——右手用跟左手用的剪刀是哪裡不一樣呢？」

硯先生點頭贊同瑛太重新提出的問題，說著「稍等一下」，然後從後面大桌子的抽屜裡拿了另一把剪刀過來。

「這是右手用的剪刀，這一把則是剛才試用的左手用剪刀。那麼你看看有何不同呢？」

放在工作檯上的兩把剪刀或許是同一個廠商的商品，乍看之下根本看不出有哪裡不一樣。

瑛太把兩把剪刀都拿在手上，沉吟著思考了起來。

「這兩把都是PLUS的『Fitcut標準款抗菌剪刀』。大小很適合平常使用，屬於長銷商品，在本店也相當受歡迎。」

「啊！」

瑛太不知道有沒有在聽硯先生的說明，忽然大叫了一聲。

「我知道了，上面跟下面的刀片相反。」

「沒有錯，就是這樣。」

硯先生重重點了頭，拿起右手用的剪刀開始說明。

「正如瑛太同學注意到的，剪刀是用上下兩把刀刃夾起要剪的東西，而且刀柄有兩個洞，其中一個放拇指的稱為『動刃』，另一邊則是『靜刃』。這兩片刀刃交會處有一個角度，而交錯的地方就稱為接點。簡單來說就是把東西放在這個接點上面，壓下去就能剪開了。連接動刃和靜刃的地方有一個螺絲，如果把這個螺絲拿掉，只有單邊刀刃的話，就算壓在紙上也沒有辦法剪開紙張。剪刀必須要藉由上下兩片刀刃把力道集中在一點上，才能夠用來剪東西。」

「哇喔——」

我跟瑛太兩個人都傻愣愣地聽著，先前根本從來沒有想過為什麼剪刀能夠剪東西這種事情。

「所以右手用的剪刀會調整成用右手握的時候，手部力量集中在接點上。但是以左手拿這把剪刀的話，以人手的結構來說，那個力量會很容易跑到其他地方去。因此若沒有用習慣的話，要以左手拿右手用剪刀剪東西是非常困難的。」

「喔——原來如此，我現在才知道。」

瑛太似乎覺得很感動。

「順帶一提慣用右手的人拿右手用剪刀剪紙的話，因為手掌會自然面向左邊，所以能夠看著剪刀左邊的接點往前剪，這樣比較方便操作。但是慣用左手的人拿右手用剪刀的話，因為手掌朝右，這樣就看不到位於剪刀左邊的接點，也就很難看清究竟是要剪哪裡了。大多數情況下通常都是用沒有持剪刀的那一手拿著紙張或布料，要在身體中心線的另一邊去做這件事情，應該會讓人非常疲憊。」

瑛太拿著兩把剪刀看過來又看過去，聽完硯先生的說明以後說：「原來如此……這樣真的很辛苦耶。」然後看了我一眼。

「……嗯。」

「對了，學校的剪刀都是右手用的吧？可能妳自己的鉛筆盒裡會有準備左手用的剪刀……不過像在圖書館或者美術教室，忽然需要使用的話都怎麼辦啊？」

雖然只有一點點，總覺得瑛太的聲音似乎變得比較溫柔。

「唔，如果只需要用一下的話，勉強可以用右手拿剪刀啦。而且筷子跟筆之類的，因為小時候我奶奶總叫我『用右手！』，拚命叫我練習，所以也是可以用右手拿。」

「但妳是用左手拿羽球拍吧？」

真令人驚訝，瑛太居然知道我在社團打球的樣子。為了避免被他看出我驚慌失措，連忙簡短的回應。

「唔，嗯，是啊……」

瑛太又再次比較起手上兩把剪刀。

「畢竟三橋同、呃瑛太做起什麼事都輕輕鬆鬆啊……應該很難想像有人連用文具都很辛苦吧。」

「我自己覺得沒有那回事啦……這麼說來，妳剛才說因為自己不靈巧，所以沒辦法好好用文具，然後就很消沉什麼的……還有其他例子嗎？」

我仰望著比我高了一顆頭的瑛太。

「我很矮對吧？所以可能是這樣，我的握力和臂力也比別人弱。雖然這只是有時候啦，但是大家都能辦到的事情，對我來說可能非常困難。」

「喔——比方說？」

「……比方說喔，忽然這樣問我一時之間也想不到。啊！先前社會科實習不是叫每個班級要把報告做成海報嗎？那時候因為麥克筆的蓋子太緊了，我根本就拉不開，結果是山田同學幫我打開的……喔對了我想起來，我也不太會用膠帶。每次都沒辦法好好使力，結果就拉了太長出來。然後也沒辦法好好在膠帶臺上切斷膠帶，總是弄得破破爛爛。我都覺得要能好好用文具是種才能了。」

不知為何瑛太的眼神相當溫柔，聽我說的時候還會不時點點頭，這讓我能好好說出想說的話。

默默聆聽我們談話的硯先生似乎悄悄地在筆記什麼。

「呃，我們說了什麼奇怪的事情嗎？」

看見他的樣子，瑛太忍不住開口詢問。

「不不，沒有那回事，一點都不奇怪。應該說你們兩個人的討論實在很棒，所以我才忍不住要做筆記。真的讓我學習良多。包含我在內，有很多大人都會拿忙碌當藉口，說什麼『這種東西就是這樣』，我不禁要反省這樣實在太過渾渾噩噩了。相比之下，晴菜同學和瑛太同學能交換意見實在是相當棒呢。」

瑛太有些不好意思地嘿嘿笑著。

「那個……您真的這麼想嗎？這不是硬要誇獎我們吧？」

我忍不住脫口問。

「不，我真的覺得很好。」

「那、那這樣的話……『大家都能輕鬆使用』這種主題的促銷陳列區，應該不會太奇怪吧？」

「原來如此……我覺得很有趣唷。」

聽了硯先生的回答，瑛太狐疑地歪了歪頭。

「不過要做那個主題，有那麼多商品可以擺滿那麼大的空間嗎……」

「我想是有啦，應該啦……」

瑛太盯著我的臉，然後用力點頭。

「好，那就決定了。硯先生，我們可以重新挑選商品嗎？」

「當然，沒有問題。」

硯先生也笑著點點頭。

「那先把這些收起來吧。」

瑛太開始將那些從購物籃裡拿出來的東西放回去。

「這邊我來收拾吧，麻煩你們去挑商品。」

「不，畢竟是我們拿來的，我們自己放回去吧。反正也還要再逛店面，順便放回去就好了。」

聽瑛太這麼說，我也點點頭。

一回神才發現都已經十二點了，一邊將早上拿起來的商品放回原處，一邊重新掃視店面所有地方。將那些感覺符合「大家都能輕鬆使用」條件的東西，全部都放進購物籃裡面，結果居然也拿了三個購物籃的商品。

提著購物籃上了二樓，附近的咖啡廳已經送了午餐過來。東西是一位叫做良子的美麗女人送過來的，她是硯先生的青梅竹馬，也是我們學校的畢業生。

「噹噹～『托腮』的招牌義大利肉醬麵！瑛太同學的是特大，晴菜同學的是大份唷。」

「唔啊——我超愛咖啡廳的義大利肉醬麵的。喔喔，還有這個只放了馬鈴薯沙拉和番茄的生菜沙拉，和撒了巴西里的蔬菜湯……太完美啦！」

「都不知道你到底是真的在稱讚還是諷刺了呢……不過看你是真的很高興的樣子就算了。好啦，快享用吧。」

「開動啦——」

良子小姐話聲才剛落，瑛太就用叉子插起了義大利肉醬麵。

「超好吃！」

就這麼短短一句感想，接著他就一心一意地吃了起來。

「啊，那個，吃那麼快會弄髒襯衫啦……」

聽見我慌張的話聲，良子小姐也大笑了起來。

「我到現在都還是會跟阿硯說一樣的話呢。不過他就是改不了，還說什麼『這是我用身體表現真的很好吃！』之類的話。男孩子都是這樣啦，基本上就一直一直都是小孩子。啊對了，保溫瓶裡有冰咖啡，你們吃完可以喝喔。那我去跟阿硯換班幫忙顧店囉，掰掰。」

良子小姐踩著有如小跳步般的輕快腳步下了一樓。

轉頭正面看著瑛太，他嘴邊一片肉醬紅色，正在和義大利肉醬麵奮鬥。那原先堆得跟山一樣高的麵只剩下一半左右。

「很好吃耶，快點吃吧。」

「嗯。」

眼前是個橢圓形的不鏽鋼盤，上頭擺了大量的義大利肉醬麵。麵裡的材料有熱狗、青椒、洋蔥、紅蘿蔔，說起來非常簡單，但是醬料裡似乎隱藏了好幾種風味，口味相當豐富。蔬菜湯和生菜沙拉也都非常精緻，口味很溫和。

「哇！真不愧是國二生！就算是特大份也不過如此的感覺呢。」

硯先生從一樓上來在一旁坐下，用溼紙巾迅速擦了擦手，就端正姿勢低下頭說出「我開動了」。

「這麼好吃，量又夠多太棒啦。幸好我實習課選了四寶堂。」

感覺心情很好呢，是不是已經忘了剛才說自己根本沒填表，所以是直接被老師分配過來的啊？

「跟兩位在一起，我就覺得自己好像也回到了國中。哎呀，真的很開心。」

大概就是這種氣氛，我們好一會兒完全忘了工作，開心地聊著班上流行些什麼、最近學校發生了什麼事情之類的，享受愉快的午餐。

硯先生真的非常會傾聽，就連我都比平常說了更多話。畢竟他是接待客人的專家，或許這也是理所當然吧。不過當然也有可能是因為眼前這個大人，不是我的爸媽也不是老師，所以我才能好好說話。

「好啦，既然都吃飽了，也差不多該來準備布置促銷陳列區了。」

在瑛太和硯先生快手快腳收拾餐具的同時，我將收集來的商品排列在用來作為暫時活動空間的工作檯附近。

收拾完東西的瑛太和硯先生走了過來，我手上正拿起包裝上大大寫著「左手用！」的商品。

「光是左手用的商品，就有這麼多種呢。在這邊的全部都是……比方說這個美工刀，先前我都是硬著頭皮拿右手用的在割東西。但仔細想想刀子這種東西，如果不是慣用手，還真是挺危險的呢。既然有這種方便的東西，我應該要認真點去找才對。」

果然我今天能好好說話，第一次跟家人以外的人說了這麼多話。

「原來如此……」

硯先生點點頭。

「不過那個，是叫切割用墊板嗎？就是做美工的時候鋪在下面的橡膠墊，那個好像就只有右手用的。」

聽瑛太補充這點，我也點了點頭。

「沒錯。切割用墊板沒有左手用的，我有去找過了……就跟你觀察到的一樣，切割墊板上面有方格輔助線，但是直線的距離數字卻只寫在左邊，而且橫軸也是由左到右標示越來越大的數字，所以左手慣用者就得要用倒算的才知道是多少。」

「說起來直尺也是一樣呢，全部都是由左往右測量的啊。我在寫字的時候可以用右手，所以沒有覺得特別不方便……但小學的時候用左手拿筆的孩子，在要用到三角尺和量角器的課就很辛苦。」

又來了，我竟然能夠這麼自然流利地把話說出口。

「原來如此。啊不過，這個就是邊緣有由左到右的字，但往裡面有右到左的小小數字耶。雖然大概也是硬擠的，所以字真的很小，這樣近視的人根本就看不到吧。」

硯先生從瑛太手上接過直尺。

「嗯，除了近視的人以外，恐怕老花眼的人也沒辦法看呢。」

「不會有人那把年紀了，還要用三角尺跟量角器吧。所以他們長大了以後也就忘掉啦，忘記自己當初有多辛苦。」

雖然瑛太這樣講還真是語出驚人，不過我想情況就跟他說的一樣。

「話說回來，我驚訝的是有好多什麼『輕輕一碰就好』還是『單手簡單好開！』，這種標示說不需要用力也能使用的包裝文案。總覺得有點意外……原來有那麼多人有這樣的困擾喔。」

瑛太看起來有些不好意思。

「這是個好發現。這些東西明明都是我自己進的貨，但沒想到有這麼多目的是方便大家使用的商品……我也有點驚訝。」

硯先生的視線盯著我們挑來的商品。

「這個 MAX 公司的『輕巧省力』釘書機，是兩階段運用槓桿原理，只需要其他商品大概一半的力道就能夠把東西釘起來的設計。」

「畢竟要握起來，就需要握力呢……」

我忍不住喃喃說著，硯先生跟著點了點頭。

「沒錯，一般成年男性的握力大概是四十五公斤上下，但是女性只有二十五不到三十公斤。」

「那不就等於只有一半嗎？」

瑛太似乎非常意外，硯先生又重重點了頭。

「男性到了五十歲左右，握力就會開始下降，超過六十五歲以後就會只剩下三十公斤左右。順帶一提，低年級小學生大概是十三公斤上下，高年級的話大概是二十公斤。」

「我先前測量體力的時候有五十公斤啊！」

「喔喔！真厲害。再繼續加油一點有八十公斤的話，就可以徒手捏爛蘋果，然後說『這才叫手打果汁！』之類的喔。」

「咦？真的嗎！好——我要加油！」

想著這還真是跟良子小姐說的一樣呢，我忍不住笑了出來。男生的精神年齡或許真的就是停在國中吧。

「真是抱歉……離題太遠了。提到活用槓桿原理，這個PLUS公司的『空氣省力長尾夾』也是只需要很小的力量就能輕鬆開關。」

硯先生打開包裝拿出了一個。

「明明只是把尾巴做長一點，其實不怎麼耗工夫呢。」

瑛太感動萬分地捏著夾子。

「除了把尾巴加長以外，這個固定部分的突起狀加工也是關鍵所在。我和廠商聊過這件事情，據說他們反覆試作了非常多款，最後才確定這個形狀。順帶一提，這個商品有獲得二〇一八年日本文具大獎中的功能部門優秀獎。」

「喔——這麼小又簡單的商品，卻能得到那麼大的獎項啊。」

正如瑛太所說，忽然覺得這小小的夾子也看起來惹人憐愛。

「那，總之就先把我們收集來的這些東西，分別根據他們的類型整理成幾種，然後再思考怎麼擺會比較好看這樣吧？」

硯先生點頭贊同瑛太的意見。

「沒錯，正如瑛太同學所說，請先想好要怎麼擺放。然後就是我一開始拜託你們的，請準備一些會讓客人覺得想把商品拿起來看看的ＰＯＰ等促銷文宣。」

說到這，硯先生打開了一個裝設在牆壁上的抽屜，拿出兩個類似工具箱的東西。

「請隨意使用這邊的工具和文具。除此之外也還有很多類型的東西，如果有需要什麼就跟我說一聲，我大概都能準備給你們。」

其中一個是名副其實的工具箱，裡面裝的是各式各樣的工具，不過另一個則塞滿了五花八門的書寫工具。

「哇……」

這個數量讓我啞口無言。

「妳臉上一副『書寫工具的寶箱耶～』呢。硯先生，這些我們都可以隨意使用嗎？」

「對的，請你們隨心所欲使用。這是我自己平常在寫價格標籤和製作ＰＯＰ的時候用的東西，所以不用客氣，盡量用吧。對了，如果沒有水、乾掉之類的請不要放回去，跟我說一聲，我會加墨的。還有我把海報紙、美術紙、保麗龍板還有美工紙張都放在這邊，我想這些應該是夠用，不過有需要什麼的話，還是跟我說一聲，店裡有庫存就能夠稍微調用一下。」

說明到此，硯先生瞄了眼手錶。

「現在已經一點半了，到四點半還有三小時。還請兩位好好商量以後，打造出一個你們自己覺得滿意的商品陳列區。那麼就麻煩囉。」

硯先生抱著放了餐具的托盤下樓去。

看著他的背影消失，瑛太脫下制服外套、拆掉領帶又捲起襯衫袖子。

「總之先分成幾組吧。呃——方便左撇子使用的商品大概是這些。然後，力氣不大也能輕鬆用的東西，應該也不少對吧？」

不知為何明明剛才他還看起來像個孩子，現在卻忽然很可靠的感覺。但又覺得不可以太依賴他，我得好好振作才行。

「……啊，那個，我可以提個建議嗎？」

「嗯？什麼？有事就說啊，反正只有我們兩個人，妳不用太客氣啦。」

「啊，嗯，謝謝。我想說，開始做之前要不要決定一下順序？如果不先想好工作跟時間分配，可能會進行得沒效率……」

「原來如此。」瑛太點點頭。

「嗯，就這麼辦。那麼先分組，然後決定每一組的主題，根據小組主題來決定整個活動區域的名稱，這樣由小到大如何？如果一開始就決定大方向，之後又出現不在範圍裡的東西就麻煩了。」

真令人感動。他平常在課堂上也不太發言，一下課就衝去操場上了，根本不知道他腦袋轉得這麼快。

「怎樣？妳如果覺得不對還是不好就要說喔。提靈感的時候就是要盡量把想到的事情都講出來，不然就不會有好點子呢。」

「啊，嗯，我覺得那樣很好。就這麼辦吧。」

「那我大致上開始分類，晴菜妳就看這些東西想一下小組的名字。不用刻意縮小到只有一個，就把想到的東西盡量都寫到便條紙，然後貼在工作檯上。大致上分類結束之後，我們就一起看一下分類有沒有問題，然後看著所有標籤來決定看板上面的大標題要寫什麼。總之這些工作大概要一個小時內完成，之後花費一小時做ＰＯＰ跟看板，然後花一小時在一樓店面擺東西，時間大概是這樣安排吧。」

「嗯，我知道了。」

我隱隱約約感受到，為什麼瑛太會是大家的中心人物了。

之後決定小組名稱和整體概念比預定快了十五分鐘，但是製作ＰＯＰ與看板卻花了超過一個半小時。到一樓開始排列商品的時候都已經三點五十分了。

一些比較小的工作由我來，看板那種大的美工就交給了瑛太。他有時候會問我的意見說：「大概是這種感覺，妳覺得怎樣？」或者是跟我說：「哇，好棒！妳真的很厲害耶，晴菜真是天才。」

總覺得，跟瑛太兩個人一起真的有團隊合作在打造這個促銷陳列區的感覺，這是我升上國中後最充實的三小時。

「完成啦！」

「弄好啦！」

我和瑛太都忍不住大喊著。

平常我才不是這麼容易表現出自己情緒的人，今天是怎麼了呢？這樣有點害羞呢。不過我跟瑛太的努力有了成果，我也覺得頗為自豪。

「完成了嗎？」

硯先生送客人出店門之後，回到促銷活動區看我們。

「是的，總算是趕上了。」

我慌張看了看手錶，正好四點半，勉強趕上。

「喔！這真是精心之作呢。」

硯先生背對入口站在通道上，凝視著促銷活動區。

「如果覺得需要修改的話，請盡量告訴我們喔。」

聽瑛太這麼說，我也用力點點頭。

「不，放在正面的看板高度和大小都剛剛好，色調也非常符合店裡的氣氛，不需要修改。」

「太好了……」

「好耶！」

我鬆了一口氣，旁邊的瑛太則比出了勝利手勢。

擺在正面的「『大家都能輕鬆使用！』的商品都在這裡」看板，是瑛太製作的。他將保麗龍板切成橢圓形，貼上淺黃色的紙張，然後用深到接近黑色的藍色廣告顏料手寫。該說是他的字意外好看，還是他很會寫這種東西呢？他用平頭筆刷漂亮寫出了黑體字。

「而且每一個小組用的ＰＯＰ，還有說明每個商品特徵的ＰＯＰ也都非常好看。這是誰的點子呢？這個把底紙用顏色分組的方式。」

「是瑛太。他提議說『要不要把每組東西像制服那樣分顏色？』，所以就這麼做了。」

「嘿嘿，剛好想到而已啦。」

聽了瑛太的回答，硯先生點了點頭，然後換個角度、走遠些又走近些，看了陳列區好一會兒。中間他會跟我們說「我稍微動一下喔」，然後把商品前後或者調整一下左右位置。明明只是稍微動一下，但硯先生整理過後就變得更棒了。果然專家就是不一樣呢。

「這樣就可以了，完成，兩位辛苦了。」

硯先生回頭向我們用力點了點頭。

「太棒啦！」

「太好了……」

瑛太擺了個要與我雙手擊掌的姿勢，我下意識地就跟他擊掌了。我想，這應該是我人生中第一次跟人擊掌吧。不過就在手掌碰到他的那一瞬間，我覺得自己好像跟瑛太心意相通。

「我不知道該怎麼說才好，不過你們真的是很好的搭檔。我想如果只有晴菜同學或只有瑛太同學，恐怕做不出這樣的陳列區。正是因為你們兩個人通力合作，才能打造出這麼棒的東西。」

硯先生若有深意地點了好幾次頭。

「通力合作嗎……就好像剪刀呢。」

瑛太喃喃念著，我根本沒聯想到呢。

「那個……」

我才要開口，沒想到正好有客人進門。硯先生馬上打招呼說「歡迎光臨」，結果瑛太和我也跟著一起喊了「歡迎光臨」。

「哎呀，真是有活力的一家店呢。」

客人非常開心地說著。雖然她的聲音非常穩健，但是看起來年齡大概跟我曾祖母差不多，膝蓋可能也有點問題，拄著拐杖。她和我們打個招呼示意後，就四下張望著店內是否有她想要的東西。

不知何時，硯先生已經移動到客人附近。

「歡迎光臨。您是不是在找什麼呢？」

客人聽了硯先生的問題，點了點頭。

「是啊，那個，我需要剪刀。」

「剪刀嗎？沒有問題。那邊有相當多款商品，請往這邊走，我帶您過去。」

客人對著比出方向的硯先生搖了搖頭。

「啊，不是的，不是一般的剪刀。呃──我先前在電視上看到……好像有什麼握力很弱也能使用的剪刀。呃，我找一下喔，我記得我有帶寫了名字的便條紙才對。」

客人把手伸進包包裡開始東摸西找了起來。

「不好意思，請問是這個商品嗎？」

我這才發現不知何時瑛太已經站在硯先生旁邊，手上還拿著剛剛才放進活動商品區的剪刀。

「呃——這個是叫『輕輕鬆鬆剪刀』的樣子……」

「對對，這個這個，就是這個。電視上看到的，就是這個剪刀。」

客人一臉開心地接過瑛太遞出的商品。

「不過這個真的我也能用嗎？」

硯先生聽見這個問題點了點頭，回頭喊我。

「晴菜同學，不好意思，可以再拿一個相同的商品給我嗎？」

我慌張地又拿了一把同樣的剪刀，趕緊走到三人身邊。我遞出了手上的商品，硯先生便拆了包裝拿出剪刀。

「這個商品是一間叫做優能福祉的公司製作的商品，他們是專門製造銀髮族相關商品的公司，所以下了很多工夫。方便的話您可以試用一下。」

硯先生把剪刀和他從口袋裡拿出來的便條紙遞了過去。

「可以嗎？剪這個喔？」

「可以的。」

隨著硯先生的回答，我和瑛太也一起點頭。

「總覺得有點緊張呢。」

客人輕聲笑著，然後開始試剪刀。

「哇……真的很好用，真是嚇了我一跳呢。」

我和瑛太忍不住笑著對看了一眼。

「太好了，那麼要不要順便看一下那邊的陳列區？除了剪刀之外，我們還收集了很多不太需要用力的商品，或者是方便左手使用的東西。」

瑛太一字一句聲音透亮地指著促銷陳列區。

「您不嫌棄的話……可以看一下。」

我鼓起勇氣擠出自己的聲音。

「哇，有那麼多種啊？」

「嗯，啊，不是，對。其實我也是第一次來這間店，沒想到有這麼多東西呢。」

「你們兩個是國中生？看那個臂章，是職場體驗之類的嗎？」

「是的。我本來對文具沒有什麼興趣，沒想到還挺有趣的呢。您知道這是什麼嗎？」

瑛太已經把客人帶到了商品區前面，開始說明了起來。對於馬上就能跟別人混熟的瑛太，我還是有點羨慕。

「呃——哎呀晴菜，這個東西是哪裡很厲害啊？」

「咦，那個喔。」

你念一下POP就好啦……才想到這裡我就驚覺，瑛太是為了把我拉進他跟客人的對話，才故意這樣把問題丟給我的。我在昨天以前完全不知道他竟然是這麼體貼的人。

之後客人聽我們說明了一堆有的沒有的東西，一邊「哇」或者「真厲害啊」回應，非常認真聆聽，然後買了七樣商品。

「謝謝你們啊，這樣我就還能再工作好一段時間了呢。」

客人對我和瑛太低頭致謝。

「不，沒有……」

這或許是第一次有人如此誠心地跟我說「謝謝」。

「說是工作，其實也不是什麼能領薪水的大事啦，就只是幫忙社區互助會一些事情而已。整理文件啦、布告欄的公告之類的啦。以前做起來都覺得沒什麼，但現在越來越難了呢。本來還想著要是只給大家添麻煩，那我還是讓年輕人去做好了。不過有兩位今天告訴我的這些東西，那就沒問題啦！我還能努力一陣子呢。」

客人小心翼翼地抱著硯先生包好的商品回去了，瑛太目送客人離去的背影，忽然喃喃說著。

「客人那麼高興，感覺我也挺開心的耶。」

硯先生點點頭。

「沒錯，因為這就是在店裡工作能得到最棒的獎勵了。」

我非常贊同地點點頭。

一直到看不見客人了，我們才回到店裡。

「那麼，實習就到此結束，辛苦了。請到二樓寫報告吧。」

在硯先生催促下，我們兩人走上了往二樓的樓梯。在中間的小平臺，我回頭看向身後的瑛太。

「今天真的很謝謝你。」

瑛太整個愣住。

「嗯，我也是，謝謝妳。不過怎麼這麼突然？」

「那個啊，其實我不是很融入班上……我自己也知道應該再努力一點。不過今天真的很開心，明天起又要去學校，我在教室可能就沒辦法跟你說話……」

瑛太一臉大感意外。

「不融入？那我才是吧，畢竟我根本就沒有在管其他人想什麼呢。晴菜妳會念書，又對大家都很好……雖然我覺得，妳有時候會因為人太好所以被利用。不過啊，我覺得妳可以再多做自己一點啦。妳太客氣了，妳應該要把自己想要這樣、想要那樣表現出來。妳看像球場上那種不喊『球傳給我！』的人，就不可能把球踢進門啊？」

連比喻都用足球，還真是非常有瑛太的感覺。不過他這麼拚命解釋，我還是覺得很開心。

「但是……像你就不用那樣，球也會傳給你吧？」

瑛太搖了搖頭。

「才沒有那回事。如果要別人傳球給自己，自己就得先傳球給別人，而且沒有好好喊『傳球給我！』的話，別人也不會知道啊。今天妳不是就有跟我說話了嗎？而且還會提議『我們這麼做吧』，之後也這樣子就好啦。好啦，趕快來把報告寫一寫。」

瑛太說完這些就跑上了二樓。

——

柳枝隨風搖擺，穿著外套、手提外送箱的人影迅速從一旁走過，那是「托腮」的看板女孩良子，她的動作流暢得就像是被四寶堂文具店給吸進去一樣。

「久等啦……欸，今天到底是怎樣啊？紅酒燉牛肉飯三人份，其中一個要大份，還有一個要特大，三盤合起來幾乎都要是六人份啦，啊——重死了。」

正在結帳櫃檯整理單據的店主寶田硯抬起頭來。

「好啦好啦，我想妳應該不會拿量太多當成遲到的藉口吧？」

「……這樣講讓我沒辦法回嘴呢。那我要放在哪裡啊？樓上？」

硯瞄了眼店內身處的樓梯點了點頭。

「嗯，可以幫我拿到二樓嗎？樓上有客人。啊正常分量那個放在這邊就好，我會趕快吃一吃。」

「好——」

一邊回答，良子從外送箱裡拿出了紅酒燉牛肉飯、生菜沙拉和蔬菜湯，又放下了用餐巾包起來的湯匙與叉子。

「那另外這些我就拿到二樓囉。」

「好，麻煩了。」

大概是真的很忙，硯一邊用左手翻著單據，右手俐落地打開餐巾，把湯匙插進紅酒燉牛肉飯裡。

「哎呀，怎麼這樣，看著旁邊吃東西會灑出來啦。」

「沒問題啦。好啦趕快拿上去，客人應該餓死了。」
「好啦好啦。」
良子嘆口氣抱著外送箱往二樓走去。
「打擾了，我拿午餐過來……呃，咦？是晴菜同學跟瑛太同學？」
聽見良子聲音回頭的，是穿著制服的田川晴菜和三橋瑛太。
「啊，良子小姐。」
晴菜與瑛太異口同聲。
「怎麼啦？兩個人都在，應該不是另一次實習課吧？」
良子把外送箱放在工作檯上。
「呃……先前寫的報告被選為區代表，所以我們得要參加今年開始的東京都職業體驗報告會。」
晴菜有些害羞地回答著。
「我們很厲害吧？嗯，不過中央區立國中也只有四間，其實要成為區代表也還滿簡單的啦。」
瑛太笑著搔了搔頭。
「兩個人都很厲害耶。哇——恭喜耶。」

良子一邊說著，一邊從外送箱裡拿出了紅酒燉牛肉飯和沙拉，拿到小平臺的矮桌上擺了起來。

「哇──紅酒燉牛肉飯！應該是我最喜歡的東西。」

「先前你看到義大利肉醬麵好像也是這麼說的……」

「咦？是嗎？哎呀，沒差啦。反正先填飽肚子吧，之後再想啦。」

完全不理會晴菜碎碎念，瑛太脫鞋的時候幾乎踢飛了自己的球鞋，跳上小平臺。

「開動啦──」

「欸，今天之內沒有完成海報的話，會被老師罵喔。」

「沒問題啦。欸這真的很好吃！好啦，晴菜妳也快點來吃。」

「唉，那麼慌張會弄髒襯衫啦。」

良子看著兩人笑了。

「總覺得，你們頗有進展啊？」

良子小聲地對晴菜說，而晴菜馬上滿臉通紅。

「咦，沒有，不是那樣……」

「喔？不是嗎？」

就在三人大聲吵鬧的時候，硯忽然露了臉。

「大概到什麼程度了啊？」

瑛太一邊嚼著東西一邊回答「差不多決定大方向了」，然後用餐巾紙擦了擦嘴邊又繼續說下去。

「總之三張海報裡面，有一張想要用插圖重現我們做的那個促銷陳列區。剩下兩張說明為什麼會想到要用『任何人都能輕鬆使用』這個概念打造陳列區，還有我們參加實習之後體會到的事情，以及參加前後有哪些改變之類的。」

「我覺得這樣很好。哎呀，我多管閒事給點建議，我想應該要先做一份草稿會比較好。還有不要直接寫在海報紙上，可以在白報紙之類的地方先打個草稿應該不錯。畢竟一般不會在那麼大的紙張上寫字嘛，要寫多大才好之類的感覺很難掌控。」

硯相當平靜地提出建議，晴菜也回答：

「非常謝謝您，真的幫助很大。不過……硯先生您知道您自己也要寫一張嗎？」

「咦咦咦？」

看見他狼狽不已的樣子，晴菜、瑛太和良子都大笑起來。

「標題是『指導學生的職場負責人意見』，要請硯先生寫才行。老師說他有寫電子郵件給您啊？」

聽晴菜這麼說，硯搖了搖頭。

「我真的不知道。……良子，怎麼辦啊？」

看見硯一臉畏縮，良子再次大笑。

「你不要一臉沒用的樣子啊，今天我幫你顧店啦，你加油！」

日子步入年關，銀座也一天比一天寒冷，但是四寶堂今日依然滿溢著熱鬧氣息。

〈名片〉

「我先下班囉。」

聽見告知下班時間館內廣播的同時，我便站起身。

「辛苦啦……」

周遭座位傳來三三兩兩招呼聲，完全一如往常。

瞄了一眼部長和課長的位置，兩個人都不見身影，大概去開會了。說起來就算他們在，應該也不會有什麼差別吧。

上個月底，我和課長商量退休的事情。

「登川先生，你真的要上班到退休當天嗎？這樣很浪費呢……你的特休還有這麼多啊，一般人大概兩個月前就會開始把特休請掉了。嗯，不過反正第二天起就每天都像是休假了，好像也沒差喔。真是羨慕你啊，我可還得再工作個二十年才行呢。」

去年剛滿四十歲的課長頭也不抬地對我說話，視線盯著手邊的平板電腦瞧，大概是在看什麼退休申請手冊之類的吧。

「呃——那接下來……喔，要回收名片。」

我把剛做好沒有多久、幾乎沒使用的名片整盒遞給課長。

「這個是規定啦，說什麼怕會被拿去濫用之類的。」

那要是有人沒有全部歸還怎麼辦？內心雖然這麼想，但我當然沒多嘴。說到底沒有正式職稱的普通公司職員名片，誰會拿去做什麼壞事啊。

「……另外要跟你商量一下，送別會還有最後一天的問候之類的，你打算如何？」

課長一邊打開我遞給他的盒子，同時看著裡面說道。

「不，那個……不需要特別費心。」

「啊，這樣啊？我知道了。那就不特別辦囉。嗯，畢竟本課也大多是派遣員工或者集團那邊派過來的人呢，那麼部長那邊就由我向他報告。」

課長就這樣自顧自跟我說完，馬上請我離開會議室。我想他心裡一定鬆了一口氣吧。要辦什麼送別會的話，就得要命令某個人去當活動負責人；如果要讓我跟大家發表道別感言，甚至還得準備花呢。現在的我能做的，也就只有盡可能別惹出這些麻煩事，彷彿消失般離開而已。

回到座位上，課長將剛剛我才還給他的名片整盒遞給部下說：「全部丟碎紙機。」

忍不住想著，至少也不要在我能聽見的時候，交代這種事情吧……

踩著樓梯下到一樓，我快步走向大樓入口。這個時間還沒有幾個急於踏上歸途的員工，平常應該會響徹保全人員大喊著「辛苦了」的聲音，但今天卻沒有聽見。回頭一看，只有一個連制服都沒穿熟、怎麼看都是工讀生的年輕男孩呆愣愣地站在那兒。

「那個，山本先生呢？」

我記得早上來上班的時候應該有看見他。

「喔……他三點的時候說有事情就先走了。」

「這樣啊……喔真抱歉，那我先走了。」

「不會，您辛苦了。」

青年回禮的動作有些僵硬，我低頭示意後穿過自動門，由車輛臨停區的一旁走過。明明下定決心不要回頭就這樣走到車站，一回神才發現自己在途中暫停了腳步，仰望著辦公室。

與我四十多年前看到的風景，已經變得完全不同。那時候的公司建築物在好幾年前就拆掉，配合這一帶重新開發，蓋成了嶄新的大樓。但是對我來說，眼前這棟大樓的裡面，多少還是有些與其他普通無機建築略有不同的某種東西。我將公事包放在地上，挺直背脊深深一鞠躬。

就在那瞬間有道強風吹來，柳枝刷刷激烈晃動。眼眶竟然有些溼了，我連忙重新站好。不經意地抬頭看向天空，或許是還有些寒涼的季節，四下已經變得一片陰暗，原先皎潔的月亮也被雲朵遮蔽。嘴裡莫名哼出了〈昂首向前走〉的旋律，我明明不喜歡卡拉OK，也沒有去唱過。沒錯，昂首向前回家吧，走在一如往常的道路上。

彎過轉角朝車站走去，那眼熟的郵筒正等著我。從上衣口袋抽出一張明信片，丟進圓筒形的古老郵筒。那圓滾滾臉龐上張著一張大嘴的郵筒就像是個肚子餓壞的愛吃鬼，令人覺得搞不好連手都會被他吃掉。

上午把筆電和手機還給公司以後，下午實在無所事事，沒辦法只好用抽屜深處翻出來的明信片寫一封給妻子的信。

「我今天退休了，能夠平安無事完成工作，都是託了妳的福。謝謝妳。其實應該要當著妳的面說的，但我實在覺得很不好意思，所以寫明信片。今後也請多多指教。」

明信片上的圖案是歌舞伎中的連獅子搖擺著鬃毛的樣子，我完全想不起來這是什麼時候買的東西。用的時候雖然覺得很浪費，但也有點後悔，早知道就不要耍帥，買普通點畫著花束或者銀座夜景之類的東西就好了。但我想老婆一定會笑著說：「很有你的風格呢。」

從郵筒前轉過身去，這裡是老文具店四寶堂。它矗立於此處的樣子無論何時都相當優雅，還濃濃殘留著我剛到東京來時的銀座氣氛。我在風中愣愣望著店門。

剛來東京的時候，還有許多棟跟四寶堂相同的古老建築物。當然，和那些在戰爭中受到比較大傷害的地區，或者是配合前一次東京奧林匹克運動會而重新開發過的地區比起來，當時銀座、有樂町和日比谷一帶還留著許多戰前蓋的樓房。

它們明明都是大正或者昭和初期建造的房屋，卻不給人老舊的感覺，而是有種凜然的姿態。我剛進公司時，辦公室也是那樣的建築物。

那是一棟裝飾風格的七層樓建築，讓人聯想到偵探白羅住的那棟懷海芬大廈。我還記得自己抬頭仰望那美麗大樓的時候心想：「哎呀，真想在東京……不，希望能在銀座找到工作上班啊。」

錄取我的是在一部[4]上市的食品批發商，當時就幾乎只錄取大學畢業的男性。錄取

4. 東京證券交易所將市場區分為第一部和第二部，第一部是主要市場，後來為了避免過度膨脹而開了第二市場。此制度在二〇二二年四月已經修改。

員工居然男女有別，如今看起來相當不可思議，不過當時大家都這樣。也是因此，同一時間進入公司的男性員工，就只有我一個人是只有高中畢業。後來我才聽說母校就業指導課的老師和這裡的人事部長似乎是老朋友，所以硬是靠他的關係勉強讓我進了公司。

高中時代我就只有簿記的課特別認真，所以有考到二級，但我卻篤定自己會被分配到會計部，沒想到接下的到職書卻是總務部。順帶一提，大學畢業跟我同時期進來的人，全部都分發到業務部。

入社典禮拍完紀念照之後，大學畢業組就搭著遊覽車前往郊外的研習所了。據說他們要在那裡住一個月，接受新進員工訓練。

唯一留下來的我，被人事部門的前輩員工帶到總務部的辦公室去。

總務部是位於大樓後方、後門一旁的小房間，打開門一看發現根本沒有人在裡面，只放了四張桌子、牆邊還有不鏽鋼置物櫃和幾個書架。

「這裡就是總務部。」

帶我過來的人事部前輩員工打開了電燈。

「你的桌子就在這裡。我想你自己應該沒什麼東西吧，書寫工具跟筆記本之類的，如果有想要放在公司的東西，就放到抽屜裡。剩下的事情就明天問這邊的人吧？」

「喔……呃，總務部的前輩們都在哪裡呢？」

人事部的前輩低頭瞄了一眼手錶，喃喃說著：「嗯，這個時間應該不在了吧……登川，你今天可以先回去了。」

「咦？可是，我至少該跟部長打個招呼……」

「嗯，是這樣沒錯啦，但我想你今天應該見不到了。」

「那麼我還是得跟課長或者是哪位總務部的人打聲招呼吧。」

前輩輕輕搖搖頭。

「總務部的員工只有你一個人。」

「咦？」

他一臉尷尬地喃喃念著：「搞什麼，怎麼都沒人講啊……」然後同情地盯著我瞧。

「總之你今天先回去吧，喔對了，當然你照打卡單上面寫著的時間準時下班就可以了。但是，雖然這樣講有點奇怪，總之你明天早上七點到公司。」

「七點嗎？」

我之前聽說上班時間是九點。

「嗯，說是要這樣跟你說。啊，七點的時候要讓身體稍微活動一下，所以你最好還是早點到。畢竟你是新進員工嘛。」

「喔……」

「情況就是這樣啦，所以你今天放好東西就可以回去了，不然也是可以在銀座逛逛啦？那我先走囉。」

前輩說完以後就走了。總覺得讓人難以接受，但我也沒辦法，那天只好早早離開辦公室，回去宿舍。雖然不是非常抗拒，但總覺得沒有特別想一個人在銀座晃蕩。

第二天早上，我六點半打開總務部大門，一位穿著工作服的老人單手拿著茶杯在看報紙。不，與其說是老人，應該稱呼他為老爺子感覺比較對呢，就是那種感覺的人。

「……那、那個……」

聽見我的聲音，老爺子往我身上瞪著。

「應該要說早安吧？」

我慌張地說著「早安」，他又重重嘆了口氣：「聲音太小了呢。」還邊搖了搖頭。

「早餐吃了嗎？」

「咦？啊，有的。」

是有簡單吃了昨天買的紅豆麵包和牛奶。

「那就要更大聲打招呼啊。新進員工第一件工作，就是要活力十足地打招呼和回應，那樣才算合格。嗯，不過這其實有點難啦。」

「喔……」

「所以就說不要『喔……』，要說好的！」

「好的。」

「完全不行啊……我說啊，你最好把『好』跟『的』兩個音分開來，練習永遠都能清清楚楚講出兩個音比較好。這個嘛，感覺上就是不要用軟綿綿的『好的』，要字正腔圓的發音。」

「豪的？」

老爺子大笑出聲。

「我說你啊……唉算了，話說回來你也太悠哉了吧？你以為現在都幾點啦？」

我連忙確認手錶。

「呃，他們跟我說七點前到……」

「人家說七點到，你不能就七點到啊。人家說七點你就要六點到，說六點就得五點到才行啊。」

現在這樣大概算是職權霸凌吧？不，或許該說是精神霸凌？反正那個時代還沒有這種觀念，而且很奇妙的是，我一點都不覺得他說的話有哪裡奇怪。腦袋裡只是單純飄過「大人真辛苦啊」這樣的念頭。

「……好的，我明白了。」

但是老爺子卻重重嘆了口氣並且搖著頭。

「你沒真心接受吧？我說啊，如果不讓自己變成那種，會非常擔心自己能不能在時間到前先行動的人，根本就沒辦法好好工作喔。哎呀，當然人會有很多不同狀況啦，不過呢，不管有什麼原因，全部都是藉口。沒能趕上約定的時間，就是這麼嚴重的事情。你要記清楚了。」

老爺子說著「那我們開始吧」便站起身。

「先換衣服吧。」

「換衣服？」

他沒有回答我的問題，只是打開一個置物櫃。裡面用衣架掛著與老爺子穿的衣服非常相似的灰色工作服，底下還擺著黑色橡膠長靴。

「反正你應該也就那一套爸媽買的重要西裝吧？弄髒就太浪費啦，換成這個吧。喔，還有鞋子也換掉。」

我就這樣傻愣愣站在原地，直到老爺子跟我說「換完衣服到後門外面喔」後離開了房間。

不知該如何是好，我只能依他所說換上工作服和長靴。這些都是全新的東西，雖然有點僵硬，尺寸卻剛剛好。

從後門探出頭，老爺子正拿著畚箕、掃把和垃圾袋等清潔工具等著我。

「那就先從掃地開始啦，你從那邊角落往辦公室掃過來，我從另一邊開始掃。」

老爺子指的那個角落，至少也在一百公尺之遙。

「那麼遠喔……」

「我說啊，有人只掃自己的地方嗎？要是覺得平常有受到鄰居照顧、想要報恩的話，那麼至少幫忙打掃一下也是理所當然吧？好啦快點動手。喔對了，拿著垃圾袋，收集到畚箕的東西要一直倒進垃圾袋裡，不然會被風吹走。」

老爺子把垃圾袋交給我以後，就轉過身走了。不知該如何是好，我也只能乖乖朝另一邊踏步向前。背對背往前走出時有一種西部劇決鬥場景的感覺，但我拿的卻不是手槍，而是掃把和畚箕。

現在或許吸菸的人已經減少許多，所以沒有那麼容易在路上看到菸蒂了，但那時候真的是到處都有一堆菸蒂。而且不知道是不是吸菸的人心情不好，會有那種完全被踩爛的菸頭，掃起來真的非常辛苦。另外還有些包裝紙、餐飲店宣傳單、晚報跟雜誌之類的，地面上的東西可真是五花八門。

辦公室前面那條道路雖然路寬只能勉強允許車輛錯車，但是要仔仔細細從頭掃到尾，還是很花時間的。我大概掃到一半左右回頭，才發現老爺子已經在身後。

「你還沒掃完？」

老爺子說他負責的另外一邊已經乾乾淨淨了。

「……對不起。」

「算了，你還不習慣，這也沒辦法。是因為沒有用習慣掃把所以才那麼花時間啦，你仔細看好了。」

老爺子用掃把的毛尖輕輕鬆鬆就把我在奮戰的菸蒂給揮進畚箕。

「要用掃把尖端以彈的方式掃垃圾，平面不好掃的地方就垂直拿，或者是要把角落裡的東西拉出來的時候，就要這樣用掃把的邊角。稍微下點工夫就不一樣啦，嗯，只要抓到訣竅就很快啦。」

在老爺子幫忙之下繼續打掃的時候，三三兩兩看見一大早出門工作的上班族們。只要有人接近我們，老爺子一定會停下手來向對方打招呼：「早安！」然後低頭示意。

「你發什麼呆啊？跟人家打招呼啊。」

「咦？噢，早、早安……」

雖然我慌慌張張低頭，不過大家也只是輕輕點個頭就走了。

「搞什麼啦，怎麼聽起來那麼有氣無力？你真的有好好吃早餐嗎？要用更有活力、清清楚楚的聲音說出『早安！』啊，不然人家怎麼聽得到。」

「喔……你認識剛才那個人嗎？」

「我不知道他叫什麼來著，不過他每天早上都會經過這裡喔。又穿著西裝，應該是在這附近上班的人吧。啊，早安啊！」

老爺子又停下手來打招呼，我也連忙跟著問候。

「哎呀，比剛才好了點。不過你應該可以更大聲吧？大聲打招呼，心情會變好，接受你問候的人應該也不會覺得不高興。大家雖然都只有輕輕點頭回應，但是在心中已經接受了你的問候喔。」

上一次聽人諄諄教誨打招呼這種事情，大概是我小學生的時候吧。

我們就這樣繼續掃了好一會兒，也和大家打招呼，這時候有個我昨天在入社典禮的時候看見坐在臺上、應該是職位相當高的一個人來公司了。然而令我驚訝的是，那個職位很高的人走過來對老爺子鞠躬說：「會長早安，今天早上您也辛苦了。」

「會長？」

我忍不住拉高了八度。

「怎麼，你不知道啊？」

老爺子笑了。

入社典禮的時候只有一位董事沒有來，座位前擺的名牌寫著「董事會會長」。原本以為他是遲到了，結果一直到最後都沒有現身。那個人現在正穿著工作服，相當賣力地掃著大馬路。

過了八點以後進公司的員工人數開始增加，大家經過的時候都打著招呼說「會長早安」。會長一定都會笑臉盈盈地說「喔喔，早安」，或者「看起來精神不錯啊，還順利嗎？」，還有「我聽說你先前住院，身體沒問題了嗎？」之類的，向每位員工打招呼。他看起來真的非常開心，就好像是老爺爺在跟可愛孩子或孫子玩耍的表情。

掃完地以後，開始拿拖把拖起了大門口的磁磚地板，然後擦玻璃門。大致上打掃過一遍之後，收拾工具洗完手，正好聽見九點的上班鈴。

「好啦，原本現在應該要開始工作的，不過就先休息一下吧。今天稍微晚了點，不過明天手腳要快一點，八點半就要做完。」

會長這麼說著，幫我泡起了茶。接過手的茶杯在手裡頗為溫暖，對於剛才因洗拖把和抹布而冰冷的手相當舒適。

「那個……昨天人事部的人說總務只有我一個，難道總務部只是名稱上這麼說，其實工作是打掃嗎？」

「怎麼可能啊。首先，總務部長由人事部長兼職，不過他真的只是掛名，實際上的工作是委請另外兩個人去做。他們兩個是很久之前就已經退休的前員工，只有給他們一點低廉薪水，所以就讓他們自由決定來上班的時間。嗯，我想他們應該快來啦。」

會長話聲剛落，總務部大門便被打開。

「奇怪？會長您在這裡摸魚沒問題嗎？」

「對啊，今天應該有董事會吧？您再不快上樓，秘書室又要崩潰啦。」

會長對著一臉呆滯的我說「嗯？看吧？」然後點點頭。

「還不是你們不來公司所以我才在這裡等啊，喔對，這傢伙就是先前說的新人。」

「我叫登川，登川巖。」

我慌張地起身敬禮。

「阿巖，這位爺爺是丸田先生，然後這位婆婆是角田太太。在公司裡面就說丸先生、角太太就可以了，他們知道公司所有大小事，你要好好跟他們請教。欸，你們要好好疼愛阿巖喔，也要好好教他工作，得讓他身為總務部員工什麼都會才行。在阿巖能獨立自主以前可別任性地倒下啊。」

「我要是會倒下，那死因肯定是被會長奴役到過勞死啦。」

角太太笑著這麼說。

「就是說啊。話又說回來，會長您才是別再勉強了吧，雖然嘴巴上叫我們爺爺婆婆，但您的年紀可是比我們大了一輪呢。」

丸先生語氣頗為輕鬆卻眉頭深鎖。

「好啦——我知道啦。真沒辦法，我上樓啦。」

會長拍拍我的肩膀之後，走出房間。

「登川先生。」

忽然有人喊我，嚇了我一跳。一回神才發現有人站在店門口。

「哎呀寶田先生，午安。等等，好像該說晚安了？」

以前公司使用的文具和名片之類的，全部都是委託這間四寶堂，但是在好幾年前就已經換成網路購買。不過我還是會為了買自己慣用的手帳本和便條而來，說起來大概也到今天為止，我想往後可能也不太會過來銀座了。

寶田先生一如往常穿著淺藍色襯衫、打深藍色領帶，搭配灰色長褲與黑色皮鞋。他應該是三十幾歲還年輕得很，不過若有什麼小事跟他商量，他總是非常親切地回應。

寶田先生走到郵筒這邊來向我輕輕點點頭，又繼續說下去。

「我想您差不多該經過本店前面了，所以一直在往外看。哎呀，太好了，您沒有在今天走其他路線離開……呃，長年以來工作辛苦了。」

這還真是令我驚訝，我記得半年前好像有跟他提過「下次梅花綻放時，就是我的退休時間」，但我應該沒有具體說過是哪一天。

「啊，嗯，你還真清楚啊。」

「哎呀呀當然的，再怎麼說登川先生您可是長年以來光顧本店的重要客人呢。」

就算知道這只是客氣話，也不會覺得不舒服。

「說是光顧，我也沒買多少東西呢。」

「沒有那回事，方便的話要不要進來坐坐呢？」

「嗯——這個嘛……」

退休當天，一般人會順道去哪些地方走走呢？腦中突然冒出這個想法。大家會掀起熟悉的居酒屋門簾，一個人默默地舉起冰鎮啤酒慶賀嗎？又或者是到吃過無數次午餐的咖啡廳去，讓自己悠哉沉浸於咖啡的香氣之中？但至少對我來說沒有那種店家，要說有的話，大概真的就是四寶堂吧。

「那我稍微打擾了。」

「好的，非常感謝您。」

寶田先生踏著優雅的步伐領在我前面，就像是飯店門房那樣為我拉開玻璃門。

店裡沒有播放音樂，只飄蕩著淡淡的香氣。感覺上可能有點薰香之類的，但沒有看見香爐，也不知道是什麼香味，讓人有種一腳踏進其他世界的錯覺。

「無論何時來這裡都沒變呢。」

我忍不住喃喃說著。

寶田先生聽見這句話，搔了搔頭說：「哎呀——其實我有努力經常更換促銷陳列區之類的，希望能給大家一點其他的印象……」看見他如此誠惶誠恐，我忍不住笑了出來。

「抱歉抱歉，我說這話沒有惡意，是覺得四寶堂一直都是這個我喜歡的樣子，實在很高興。」

寶田先生鬆了一口氣，就那麼一秒露出笑容，但馬上又拉緊嘴角，繼續說下去。

「是那樣的話就好了……我國中時代的同學就在附近經營和果子店，但是他除了維護老店傳統以外，該說是相當嶄新嗎？同時非常勇敢地開發了沒人見過的全新和果子，結果一舉成功。總覺得曾經一起踢足球的朋友，變成好遙遠的存在……也是因為這樣，所以我最近經常在思考這件事情。我真的能這樣固執地繼續做著這個有如圖畫般絲毫不曾變動的生意嗎？」

寶田先生的眼裡看來有些動搖。

「說什麼傻話！固執有什麼不好的？我一點都不認為不好，甚至可以說希望你繼續固執下去。」

我自己也沒想到語氣會如此強烈。

「……抱歉，我的聲音好像大了點。」

我低頭道歉，反而讓寶田先生慌張了起來。

「請您不要這樣，讓客人對我低頭，會害我遭天譴的。而且……是我自己說出這麼懦弱的話不好。今天明明是登川先生值得紀念的一天，我才應該要向您道歉。」

見寶田先生向我低下頭，換我慌了手腳。我們兩人不禁對視相笑，然後又往店裡走。看著窗戶外頭，大概是風變強了，柳枝晃動的角度也變大。

「我先前就在想啊……為什麼最近的柳樹到了冬天，還是這麼青綠呢？」

我把剛剛浮現腦中的事情說出口。

「喔，那個啊。」

「嗯，不覺得很奇妙嗎？柳樹明明是落葉樹，應該到了秋天會轉紅、冬天會落葉，但近年來銀座的柳樹一整年都是這樣翠綠，就好像永遠都不會變老的感覺。」

寶田先生看了我一眼，然後把視線轉回大馬路那頭。

「這也是客人告訴我以後，我才知道的……主要是銀座用來作為行道樹的柳樹是一種叫做垂柳的樹。這種柳樹在夏季到秋季之間會進行修剪，修剪會對樹枝造成刺激，這樣的刺激會讓樹長出新芽，剛長出來的新葉片在成熟之前就進入秋季了。所以它的葉片不會在秋季轉紅，而且變冷了也還是不會落葉。」

「喔？」

我只有愣愣地回答，寶田先生則點點頭。

「再怎麼說，讓柳樹維持在美麗狀態，就景觀方面來說相當重要，不過單純不需要掃落葉這點，實在令人感激不盡。」

「說的也是，那真的非常辛苦，不管怎麼掃都掃不完。落葉大概要煩惱一整個月，有時候還會因為下雨而全部黏在地面上，真是累死了。」

「我記得……登川先生您的工作是總務，也要負責打掃嗎？」

我稍微看了眼寶田先生的臉，又將視線轉回馬路。

「不，我進公司的時候，辦公室已經由專業的打掃公司負責，不過外面道路的打掃不在合約範圍內。嗯，有點像是修行啦，畢竟道路清掃根本沒有人想做，就算做了也沒有人會稱讚。」

我凝視著劇烈晃蕩的柳枝。

之後我仍然繼續做著早晨和會長一起打掃的工作。當時星期六也要上班，假日就是星期天與國定假日，還有中元節那三天、年節的四天，加起來總共六十天左右吧。現在的休假根本是一倍以上，不禁覺得真的增加了很多。

只要是上班日就一定要打掃，所以我早上六點就要到辦公室，後來就逐漸養成了早起的習慣，秋天來臨時已經覺得六點到辦公室也不怎麼辛苦。在某個星期一，我隨口便問了打掃中的會長。

「昨天是星期天應該沒有人打掃，但也沒什麼垃圾呢。是因為星期天比較少人經過嗎？」

會長一臉傻眼地看著我。

「說什麼傻話。星期天和假日的銀座人可多了，非常擁擠呢。買東西啦、來餐廳啦，到處都是人啊。」

「喔？是這樣喔。」

「嗯，雖然這不一定是主因，但休假日我也會打掃。畢竟想讓從其他地方特別到這裡來的人，看到一個乾乾淨淨的銀座啊。」

「咦！是這樣喔。」

會長一臉「說溜嘴啦！」輕輕嘖了一聲。

「我說你可別搞錯了，我沒有說你也得假日來喔。我只是剛好住在附近，所以每天都會走過來，也就是散步順便做的啦，所以可別多什麼心了。」

「喔……」

我有點驚訝。

「而且假日的銀座和平常不太一樣，也感覺很棒呢。」

「哪個部分很棒啊？」

「該怎麼說呢……我實在不太會解釋。這麼說吧，就是整個街道上都是那種歡樂洋溢的感覺，讓人覺得氣氛很好。總覺得充滿一種很開心，或者說很幸福的氣氛。」

那是什麼樣的氣氛啊……我忍不住思索了起來。

「你該不會沒有來過吧？」

「是的。假日大概就是洗洗衣服、打掃家裡就結束了，畢竟通常會睡到中午。……而且我只會從車站走到辦公室這邊，所以其實也不太認識平常的銀座。」

會長一臉打從心底覺得受不了我的表情搖了搖頭。

「你啊……公司都幫你開了來銀座的月票，也太浪費了吧。而且既然在銀座的公司上班，難道不會跟女朋友說『下次請妳到我常去的店家吃飯』之類的嗎？」

「……我沒有跟女性交往過。」

「嗯——跟朋友去看電影或者去咖啡廳喝個咖啡，總會有吧？」

我低著頭用掃把戳著地面。

「同時間進公司的只有我一個人是高中畢業，而且大家都大了我四歲，沒有人把我當成一起進公司的同事。一起來東京的朋友們都在府中或者川崎的工廠工作，也沒辦法輕輕鬆鬆就碰面，畢竟交通費真的很高。」

會長聽見我的回答，像是在沉思什麼事情，陷入沉默。

「這樣啊……」

如此沉重的聲音讓我慌了手腳。

「啊，不過宿舍附近有圖書館，我會去那裡借書。所以並不會覺得生活非常無聊，而且借書不花錢又能學到東西。」

會長輕輕搖頭。

「努力學習當然是很好，不過現在的你與其繼續把新知識塞進腦袋，更重要的應該是體驗許多新事物啊。簡單來說，就是偶爾走到不同的路上看看啦。我想一定有很多你不認識的世界，有時候甚至會大大改變你的人生呢。」

「喔……」

「回答要說『好的』才對吧？好！那我指派你一個工作好了。」

「咦？什、什麼呢？」

丸先生和角太太並沒有指派我做過什麼工作，頂多是差遣我說「幫我把這個資料拿給經理」、「麻煩整理一下會議室的桌椅，然後菸灰缸拿去擺好」，不然就是「可以去買個原子筆跟影印紙回來嗎？」之類的。

「幹嘛，沒什麼大不了的，就是從今天起一陣子，你下班從辦公室走到車站的路上，每天都要選一條不同的路，明白了嗎？」

「每天嗎？」

大概是我的錯愕表情太有趣，會長大笑出聲。

「對，沒錯。其實我很想叫你每天早上也走不同一條路來，但要是你迷路了，來不及打掃可就麻煩啦。」

事實上我完全是個路痴，就連到辦公室附近辦個事情，我也一定都會拿著口袋版的小地圖在手上。

「第二天打掃的時候你就要跟我說，你走了哪條路回去、途中有什麼東西，如果覺得好像很有趣，你一定要去仔細瞧瞧。對了……」

會長拿出錢包，隨手就抓了把鈔票塞進我胸前的口袋。

「這個是資金，你可別拿去存了，好好給我用啊。可以去看歌舞伎、覺得什麼好像很好吃就去吃，看情況你也可以去個酒吧或者酒店也行，啊不對，你還沒成年不能喝酒對吧？」

我連忙從口袋裡把鈔票拿出來，全部都是一萬元鈔，隨便算一下應該也有三十萬吧。

「我、我不能拿這麼多錢。」

「這可不是給你而已，我想投資你啊。」

「可是……拿這麼多錢，我根本用不完啊。」

會長從容地開了金口。

「我說呢，這點錢去個高級酒店，一晚上就飛啦。嗯，要是付錢的時候還不夠，就遞上我的名片說『請款單麻煩送到這邊』，銀座這一帶的店家大概都能通用，名片晚點我會讓秘書室給你送過去。」

就這樣，我踏上了每天一點小冒險的生活。

話雖如此，從鄉下來到大都會半年左右的年輕人還能怎麼做，大家也很明白。第一天在面向銀座通的老書店裡面買了銀座的導覽手冊，拿著書去專賣水果的咖啡廳吃水果百匯。大量使用日本國產的高級哈密瓜、桃子，加上鳳梨、木瓜和芒果等由南方進口的水果，然後用冰淇淋和鮮奶油妝點的百匯，好吃到簡直不像是這個世界上會有的東西。

第二天我跟會長報告這件事情，他看起來很開心，短短地回我說「太好了」。

「那個，我有請他們開收據……」

我才開口，會長就伸出手來，我連忙把事前準備好的收據遞過去，會長卻連金額都沒看就撕掉，然後丟進垃圾袋。

「那是我自己的零用錢，雖然說是指派工作，不過跟公司沒關係，所以往後也不用把收據拿給我。嗯，不過對你來說這也算是學習東西價值的方法之一，所以我不會說要你都別拿。不過不需要擔心得拿給我看之類的，我昨天也說啦，是我自己想要投資在你身上。只要你有好好用在讓自己成長的地方就好啦。」

「好的……」

我回答得如此小聲，也許會被罵吧？但眼睛一熱讓我發不出聲音來。

「啊，不過這件事情可別向人說喔，是我跟你之間的秘密。」

之後我為了稍微回應一下會長的期待，努力研讀導覽手冊，去了各種地方。也是在那時候，我才了解歌舞伎的有趣之處。另外還有那些稱為名店的壽司店、餐廳還有專業的紅茶店與咖啡廳等，讓我對這裡的口味有了一定的理解。

偏偏就是每次我想跟會長報告說我吃了什麼美食的時候，路上就會剛好有一攤嘔吐物。這種時候，會長一定會跟我說「這個我來收拾」，就是不肯讓我去處理。

「但是……還是我來做啦。」

「不，這種討人厭的工作要是連我也想交給別人，那就是我該退休了。」

會長相當頑固，但若是我堅持不離開，他就會說：「真拿你沒辦法，我想你之後也會成為一號人物的。為了你以後可以示範給別人看，你就在那邊看著學吧！」然後允許我在一旁看他做。

「我說呢，這種時候不要怕麻煩，千萬別忘了戴上拋棄式的塑膠手套和口罩。雖然這可能是因為喝多了才吐出來的東西，但有時候可能是那種感染疾病的人留下來的伴手禮。不是我在說，我也有這樣難堪過呢。大概整整吐了三天，連水都喝不下，還一直拉肚子。託那場病的福，我瘦了五公斤左右吧。」

他笑著戴好口罩和手套，然後把報紙蓋上去。接著把報紙從角落像要往中間摺起那樣，將髒東西擦起來丟進垃圾袋裡。最令人驚訝的是，光是這樣就只剩下薄薄一層痕跡留在柏油路面上。

接下來就是用已經破破爛爛、差不多該要丟棄的抹布用力擦拭，同時用水桶裡的水把髒汙推往一旁的水溝去。

「好啦，這樣就乾淨了。」

會長拿下口罩，鼻子下方滿是溼答答的汗水。

「您辛苦了……但總覺得這不該是會長來做的事情，應該要讓弄髒地板的人來打掃才對。說起來既然會吐，根本不應該喝酒啊。」

這時候我真的非常生氣，就連自己都覺得很稀奇。

「嗯，你說的當然沒有錯，不過人生有時候就是非喝不可，就算知道會吐也還是得要喝才行呢。你以後就會知道啦。」

「真的是這樣嗎……」

會長用力點點頭，又仰望藍天。

「吐在這裡的傢伙不知道現在怎樣了呢？最好是把肚子裡的東西都吐了乾淨，今天一臉輕鬆無事、活力十足去上班就好了。」

我看著他的側臉，心想「我跟定這個人了」。

「謝謝你，果然四寶堂真的很棒呢。雖然從公司離職之後，我可能沒有什麼機會來銀座了，但有過來的話我一定會來露臉的。」

我環視店內一圈，重新面向寶田先生。

「這樣啊……對了，登川先生好像沒有去過本店二樓對吧？」

寶田先生瞄了一眼位於店內深處的樓梯。

「嗯，沒有呢。我知道好像會借出去開篆刻還是版畫的工作坊之類的，但我自己手不巧，所以一直沒想過要參加看看。」

「方便的話，要不要上去看看呢？樓梯間的平臺可以俯瞰整個店面。」

這讓我有點心動，其實我曾經看過有人在那個平臺上愣愣眺望著店面。

「請往這裡走。」

見到他殷勤鼓舞我走向樓梯的樣子，這才猛然想起一件事情。先前就一直覺得寶田先生很像某個人，卻想不出是誰。想想是那位已經關店好一陣子的餐廳負責人。

在會長的指示下，為了讓我能在回家路線上多下工夫，也開始分配了各種不同內容的總務工作給我。尤其是要使力的工作，根本不可能讓丸先生或角太太去，所以都是我一肩扛下。因此雖然我是新進員工，卻在每個部門都會露臉，也讓很多前輩都記住我了。

一旦他們記得我是誰，也開始有更多不是總務部的工作希望我能去幫忙。一開始大家只會說「那個，可以借用你三十分鐘嗎？」，或者「這個真的很急」之類的小事情，然而時節進入冬季以後，這類請託卻不減反增。

「登川啊，真不好意思，可以麻煩你準備明天開會要用的資料嗎？」

「我們新的目錄數量還不少，但是一定要寄送才行。雖然有點急，但是下午可以來幫我們忙嗎？」

結果我也越來越常加班，回家路上能用來冒險的時間當然也減少了許多。

「真抱歉，昨天幫忙業務部，所以很晚才走……」

會長瞄了我一眼，搖搖頭。

「會有人找上你，就表示認可你工作的人增加啦，這不是壞事。不過銀座可是晚上才張燈掛彩的街道，這可不是沒辦法繞路的藉口。」

「我就覺得您會這樣說。昨天看到歌舞伎座後面的小巷竟然有攤販，所以我去吃了關東煮，口味還有點偏西式，很好吃。我有點意外銀座竟然也有攤販。」

「以前還更多呢。不過，以後你方便的時候再繞路就好了，畢竟認可你工作情況的傢伙增加了是件好事，對我來說也是。」

總覺得這句話聽起來很像是會長誇獎我，實在開心。

「會長。」

「嗯？怎麼啦。」

「呃，我前幾天拿到第一次的獎金了，非常感謝您。」

當時公司有規定新進員工是從冬季開始發獎金。

「跟我道謝就不對啦，那是公司對於你的工作付出給的東西，你堂堂正正收下就好。話雖如此，決定支付金額的是包含我在內的董事們啦……沒辦法給你更多了，真抱歉，你就忍忍。」

會長端正姿勢向我行禮道歉。

「沒有那回事！我明明只是幫大家跑跑腿而已，根本沒有想過還能拿獎金。」

這是我的真心話。

「是嗎？那就好……」

我知道就算是跟我同時間進公司的同事，大學畢業生和我的薪水也有著一定程度的差距。

「那個，所以我有件事情想拜託您……」

「嗯？怎麼，你居然會拜託我事情？真難得。」

「會長方便的時間就好，可以哪天陪我一起去繞個路嗎？」

會長一臉狐疑地看著我。

「欸，是沒問題啦……」

「謝謝您！然後那個，我知道這樣有點任性，不過能讓丸先生和角太太也跟我們一起嗎？」

「嗯？好啊。」

畢竟打鐵要趁熱，所以就和會長約好了三天後。

「那麼我們出發了。」

我領著集合好的三人，踏上銀座的小巷，朝目的地前進。

「真的很久沒在夜晚的銀座散步了呢。」

比平常稍作打扮的角太太開心地笑著。

「的確是呢……」

穿著合身西裝的丸先生也輕輕點著頭。

「除了跟客戶吃飯以外，我也好一陣子沒這樣出門了。」

會長用力點點頭，跟穿著打掃工作服與長靴的樣子彷彿他人。仔細想想，會長可是靠自己的雙手，將一間小食品批發商培育成上市企業的財經人，原本根本不可能是我這種底層員工可以邀約吃飯的對象。

忽然覺得非常不安，但要後悔又太晚了。

沒多久我們就抵達目的地的餐廳。推開店門，服務生正等著，告知我有預約以後，他帶我們到四人桌去。

「喔喔，所以阿巖喜歡這間店是嗎？」

才坐下，會長就感慨地喃喃說著。

「飲料是不是就先點個啤酒呢？……雖然我沒有點過酒，所以不太清楚。」

三人聽我這麼問都點點頭。

「主人準備的東西就心懷感謝收下，才是客人的禮儀啊。點阿巖你自己挑的就行了。」

聽會長這麼說，我才鬆了口氣。還想著要是他們想喝紅酒之類的該怎麼辦，對我來說實在太難了。

當時幫我預約的餐廳負責人看著我們走了過來。

「我先前預定的東西再麻煩您了。」

聽我說完，他點頭平穩回答：「明白了。」一鞠躬後離開。

店家馬上就送來了已經冰鎮的瓶裝啤酒和三個杯子，另外還給了我冰水。我顫抖著為三人倒酒。

裝滿酒的杯子放在三人眼前，而他們則盯著我看。

「發什麼呆啊，你得說點什麼，然後叫我們乾杯啊。」

聽見角太太的聲音我不禁慌張起來。

「咦！要我來嗎？」

「那是當然啊，畢竟今天的主人可是登川你耶。」

丸先生一臉傻眼，會長只有輕輕點頭。

「咦——啊——那麼，謝謝大家百忙之中，今天還是撥空來聚餐。然後……從四月起的八個月，真的受了大家很多照顧。沒有拋棄腦袋不好的我還仔細教導，甚至我還拿到了獎金。雖然只是一點小心意，但還是請大家過來一趟，今天就請輕鬆享受。」

會長輕輕拍了手，丸先生和角太太也頗為贊同地點點頭。

「那麼乾杯。」「乾杯。」

非常非常安靜的乾杯。正當我要為大家的空杯倒酒，會長就把酒瓶從我手上抽走，說著：「接下來我們就看自己的速度喝吧。阿巖你也不用太在意，放輕鬆一點。」然後他又誇獎我：「演講講得不錯啊。要說哪裡好呢？就是你能用自己的話好好說出來。你的心情可以好好傳達給我們，所以真的不需要講什麼太過拘謹的話，只要有用心、一字一句慎重地說，就能讓對方明白的。」

「……好的。」

會長第一次這麼確實地誇獎我，真的好開心。

「最棒的就是很短啦。」

丸先生說著邊把剩下一半左右的啤酒喝乾。

「的確是呢，其他那些董事之類的，大家都講得長到不行，難道他們不明白致辭就是越短越好嗎？」

角太太用力點點頭。

「欸我也算是董事之一耶。」

會長碎念著。

「啊，抱歉，忘了。」

大家一起笑了出來。

放了燻鮭魚的生菜沙拉、蔬菜湯，然後是主菜的烤雞，我先前點的菜依序上桌。看三人都吃得很開心的樣子，能看到他們的笑容，我也覺得非常高興。這讓我真實感受到這就是招待別人的感覺。

「久等了，這是各位的蛋包飯。」

最後上桌的是我點了用來收尾的蛋包飯，瞄了一眼手錶，已經進到店裡超過一個半小時了。

服務生在我們每個人的面前放下盤子，然後才淋上鮮紅色的番茄醬。

「哇，黃色蛋包搭配紅色醬料真的非常搶眼呢，看起來真好吃。」

角太太滿臉笑容，根本不像是早過了花甲之年，有種少女般的活潑感。

「蛋包飯啊，很久沒吃了，這看起來很棒呢。」

丸先生調整著腿上的餐巾也一起感嘆，不知何時旁邊的會長已經把湯匙送進嘴裡。

「唔，嗯，好吃，真好吃。」

「太好了……」

我忍不住鬆了口氣說。

「我第一次吃到這裡的蛋包飯的時候，就心想著怎麼會這麼好吃。沒想到這個世界上居然有這麼好吃的東西。」

「欸——居然沒有想一個人獨占，反而也帶我們來吃，果然登川是個好傢伙啊。」

丸先生一邊拿湯匙吃著笑了出來。

「……真是讓人感激。」

會長似乎很感慨地說著。

「沒、沒有那回事……跟會長對我的好比起來，這根本連報恩都稱不上。丸先生和角太太也是啊。」

「……不，我、我呢、我啊，我已經很久沒有吃過這麼好吃的一頓飯了。阿巖，真的很謝謝你。謝謝招待。」

會長說完以後，丸先生和角太太也深深點頭。

「別、別這樣。真是的……啊對了，我去請他們送餐後飲料吧。大家都喝咖啡就好？」

我慌張起身。要是繼續坐著，我可能就會哭出來了。

我走到房間一角的負責人身旁。

「麻煩四杯咖啡，還有我想先結帳……」

負責人說聲「明白了」後，就跟服務生說了什麼，然後又對我說「請往這邊走」，帶我到入口附近的櫃檯。

「謝謝您，託貴餐廳的福，我才能好好招待照顧我的人們。」

負責人聽我說話時點著頭，看見我從口袋裡拿出了信封，馬上說：「我立刻回來，您稍等一下。」

等了一會兒，負責人與穿著廚師服的男性一起回到櫃檯。

「我是本店的老闆。」

廚師深深鞠躬，我也慌張回禮。

「萬分感謝您今天來本餐廳用餐。真是非常不好意思，能夠請問今天是什麼樣的聚餐嗎？」

「因為我想向公司照顧我的人道謝……前幾天我領到人生第一筆獎金，所以想拿來用在這裡。我本來也不知道該怎麼做才好，但後來想到可以請他們吃這裡的蛋包飯。」

我這才發現廚師和負責人的視線都盯向我捏著的信封。當時的獎金是用現金支付，為了今天，我半毛錢都沒用。

「這樣啊……您為如此重要的場合選擇本店，實在萬分光榮。今後若有需要，還請務必再次光臨本店。」

廚師行禮後又回到廚房去。

「真是不好意思。那麼結帳請往這邊。」

對方遞給我的帳單金額比我想像中的便宜太多了。

「那個……這個沒有算錯嗎？」

我連忙將帳單推回去，負責人搖了搖頭。

「不，就是這個金額沒有錯。本店已經向您收取了足夠的金額。」

「咦？」

「方才拜見登川先生招待那些對您照顧有加的人，彷彿看見了我們這種餐廳絕對不能忘記、招待他人的初心。還請今後也繼續光顧本店。」

然後他深深一鞠躬。

我在回家路上一直想著這件事，或許是看我拿著薄薄的獎金信封打算付錢的樣子，有什麼打動餐廳負責人和廚師的地方吧。

「如何呢？由我自己說有點老王賣瓜，真不好意思，但我覺得實在是挺壯觀的呢。」

寶田先生帶我走到平臺，那裡擺著一張小桌子和兩把椅子。「請坐。」我在他拉出的椅子坐下。

「原來是這樣……」

我忍不住喃喃說著，越過扶手是一樓店面，窗戶外頭能看見柳葉搖擺的道路。回過視線看向入口，玻璃門就像是個畫框，而畫上正是郵筒。

「這裡真的很棒呢。」

我稍微靠在扶手上，愣愣地看著店面。

「非常謝謝您。長年以來到本店消費的老客人當中，還有人會在這裡喝外送來的咖啡享受呢。」

「喔？那還真是令人羨慕。」

寶田先生如此貼心的舉止，還是會讓我想到那間餐廳的負責人。

「明明有經過大幅改裝，但是店家氣氛完全沒變呢，真是厲害。」

「謝謝您。地板是原先拆下來的木板打磨後繼續使用，牆壁的裝設也是盡可能使用灰泥來重現房子剛蓋好時的風貌。畢竟這必須要請工匠來做，所以也是花費不少……」

這倒是讓我有點意外。

「那麼，地板其實就是以前的地板嗎？」

「是的，雖然位置大概沒有完全相同，不過材料本身就是建造當時使用的東西。」

那麼，這片地板也是會長曾經踩過的地板囉……我愣愣地思考著這種事情。

等我回過神，已經進了公司快三年。現在是三月底，明天就是新年度，又將有新進員工加入公司。剛準備完入社典禮，回到總務部辦公室，桌上放了張便條。

「工作告一段落後，去會長的辦公室露個臉。」

看寫字習慣應該是丸太太留的便條，我慌張前去會長辦公室，穿著西裝的會長正等著我。

「怎麼穿那樣……哎呀算了，反正只有我們兩個啦。」

因為我剛才做的是排列桌椅、掛紅布條等等需要體力的工作，所以拆了領帶，還把袖子捲起來，就這樣跑過來了。

「噢，真是抱歉，因為我剛才在準備入社典禮的東西……」

會長從桌子後方走了出來，站直了身子盯著我的臉瞧。因為他實在非常認真，所以我也下意識挺直腰桿。

「我是想親手把這東西交給你。」

會長來到我面前，把手上的東西遞給我。那是一個透明塑膠盒，裡面是用我的名字做的名片。

「跟你同時間進來的大學生們，明天就會全部升等為『主任』，但很遺憾，社長以下的經營者們規定什麼高中畢業者沒有過五年不可以升等。雖然我抗議過說幹嘛要有那麼奇怪的規定……但我孤掌難鳴啊，只能勉強讓他們答應我給你加這個頭銜就是了，抱歉，你就忍著點啊。」

那嶄新的名片上，職位的部分印了小小的鉛字「代理主任」。

「不會啦……我什麼都不會，您還幫我到這種程度，實在抱歉。」

我低下頭去。說起來先前我根本就沒有名片，除了必須和外面往來的業務部以外，那時規定要主任以上才能夠訂做名片。

會長聽我這麼說，用力搖著頭。

「你說自己什麼都不會？哪有那回事。你不是這三年都沒有休息、負責早上的打掃工作嗎？不管是下雨吹風都沒有休息。颱風的時候還住在辦公室裡一整晚監視，要是下雪你也會一大早把辦公室前面、連同大馬路上的雪都清掉。這種事除你之外還有人做嗎？這可不是所有人都能辦到的。而且你除了拚命做好總務部的工作以外，就連其他有困難的部門工作也不會厭煩、一直去幫他們。原本主任這種職等，就應該是要給能夠為大家盡心盡力工作的人才對啊。」

沒有想到會長竟然這樣說，讓我心中很是激動。

「謝謝您。」

我深深一鞠躬，眼淚就這樣一滴滴落在地毯上。

「抱歉，你再稍微忍忍啊，我盡可能趕快把你的代理兩字拿掉。」

我雙手接過會長給我的名片。

「好啦，接下來是另一件事，有個東西要拜託你。這先放在你那裡。」

會長給我的是一支鑰匙。

「這是什麼鑰匙呢？」

「放在那邊角落的保險箱鑰匙。」

會長下巴往旁邊點了點，那是一個大保險箱。

「其實我要住院啦，好一陣子不會來公司了。所以這段時間，這把鑰匙就放在你那裡。」

「咦……」

「別一臉擔心啊。」會長看著我的表情笑了出來，「是醫生太誇張啦，說什麼他有點在意，叫我要好好做個檢查。我的身體自己最明白啦，就說沒什麼事了。哎呀，還是你比較擔心那把鑰匙而不是我的身體？那沒有什麼啦，幾乎大部分東西都移到銀行的金庫去了。只是收著公司印章和代表董事印章之類比較重要的印章，所以得要每天打開幾次。」

「印章嗎……」

「說是印章也不是什麼普通的木頭印章啊，那是有做印鑑登記的重要印章，要是被拿去亂用，搞不好公司會倒閉呢。就是那麼重要的印章啦。」

會長回到桌子後面，把鑰匙放在桌上，從抽屜裡拿出一張文件。

「要開保險箱的話需要這張『開鎖申請書』，上頭沒有總務部長和會計部長的印章就沒辦法開。你就看那個申請書有確實蓋上總務部長和會計部長的印章的話，就幫對方打開。相反的，如果不是兩個印章都有，那絕對不能開，你懂了吧。」

「這麼重要的印章，交給我真的好嗎？」

我看了看桌上的鑰匙，又看了看申請書。

「說這什麼話，這麼重要的事情，除了交給你以外還能給別人嗎？」

會長從桌上拎起鑰匙遞給我。我將名片收進口袋，兩手接過鑰匙。

「拜託你啦，登川代理主任。」

「……好的。」

會長微微笑著。

「怎麼回答得那麼沒精神？太忙了連午餐都沒吃？」

明明是在開玩笑，會長的眼睛卻泛淚。

「好滴！」

我拚命想從身體深處發出聲，結果卻走了音。

「你那是什麼聲音啊？」

「畢竟……」

我根本說不出話來，會長也默默地點點頭。

「就是這樣啦，明天起我好一陣子都不會來打掃了，這樣只有你一個人，還行嗎？」

「好的！」

就這樣，會長把保險箱鑰匙和我們總是一起做的道路清掃工作交給我。

在我保管鑰匙大概兩個月後，某個星期六。我做完加班工作，正準備回去的時候，業務企劃部長來到總務部。

「喂，登川，保險箱的鑰匙交出來。」

我看看牆壁上的時鐘，已經過了晚上七點。

「好的，馬上處理。呃——可以先出示您的解鎖申請書嗎？」

我連忙起身走向門口。

「解鎖申請書？喔那個手續之後會補辦，現在必須盡快在合約上蓋章，文件我之後會處理的。總之快點把保險箱打開。」

業務企劃部長是會長的兒子，大家都說他工作的時候非常強硬。

「但規定就是規定……會長說沒有總務部長和會計部長兩個印章的解鎖申請書，就絕對不可以打開。」

業務企劃部長哼了一聲。

「哼，我當然知道啊，但這真的很急。今天之內沒有簽約的話，這麼好的機會可就要去別的公司了。」

看來是他根本沒有跟其他人商量，就自顧自推動的合約。然而會計部長目前正去了關西出差，無論如何都不可能在今天之內準備好申請書。

「真是抱歉……沒有申請書就不能幫您開保險箱，如果打破規定的話，我會被會長責備的。」

「老爸那邊我之後會跟他報告，不管怎樣都不會害到你啦。」

「真抱歉，沒辦法。」

業務企劃部長踢翻了我旁邊的垃圾桶。

「你這傢伙！一個小社員敢跟我頂嘴？快點把鑰匙拿出來。」

「請不要這樣，不行就是不行！」

有幾個還沒下班的員工聽見我們的聲音，在門口偷看。

「你不拿出來，我就自己拿。」

他一把推開我，硬是打開抽屜，把裡面的東西都翻出來。

「哪裡、在哪裡！給我拿出來。」

他拚死接二連三打開所有置物櫃和書架門。

「鑰匙在這裡，但我絕對不會給您的。」

我從襯衫領口拎出了用繩子綁著的鑰匙。之前心想萬一弄丟就糟糕了，所以自從會長交給我的那一天起，我就沒有讓鑰匙離開過身邊。

大概是因為騷動過大，其他人聚集了過來，他用力嘖了一聲之後，說了什麼「你給我記住」就走了。

終於鬆了口氣，但看見亂七八糟的辦公室，又忍不住大嘆一口氣。今天本來想在回家路上去看個電影，看來是非得放棄不可。

週末之後的星期一，我一如往常在打掃，丸先生臉色大變來到公司。

「咦？早安。您今天真早呢。」

「嗯，但事情糟糕啦，接下來要忙好一陣子了。」

完全不明白丸先生話中的意思。

「事情糟糕？發生了什麼事呢？」

丸先生一臉驚訝地探頭。

「登川，沒有人告訴你嗎？會長過世了。」

「咦……」

之後因為太過忙碌，說老實話我不太記得。等我回神的時候，已經在目送從火葬場出發的靈柩車。

回到致哀者已經離去的會場，開始收拾祭壇的時候，瞥見了遺照。照片上的會長似乎正在鼓勵我「很累吧？辛苦啦」。

雖然葬禮才剛過一週，但是公司馬上就發表了經營群的新體制。看著貼在走廊上的公告，會長過世之後空出來的董事位置是由業務企劃部長補上。

「雖然是個笨兒子，但他畢竟繼承了一大堆會長的持股啊。」

丸先生搖搖頭。

「什麼董事兼任業務企劃部長？差點要被那種詐騙騙走的笨蛋，是能好好當董事嗎？」

角太太一臉不悅地說著。那時候他逼我打開保險箱的「超棒合約」，到了最近才被發現根本就是詐騙。結果幸好我依照會長的指示，硬是不打開保險箱。

「話說回來，我們的工作會變得怎樣啊？」

和人事公告貼在一起的「機構改革概要」，上面寫著「廢除總務部，業務轉由會計部、人事部及業務企劃部管理」。

在那一個月之後，我被分發轉到鄉下的小營業所，丸先生和角太太則被通知解除原先非正式的雇用委託。其實真的很想要去抱怨，卻連要跟誰說都不曉得。

「算了啦，我們也知道自己是靠會長憐憫才能工作的啦。」

丸先生和角太太似乎已經不想多做掙扎，也沒有特別驚訝，只是淡淡說著為了避免之後的人遇上困難，還是做了非常詳盡的交接單。

就在調職通知第二天，兼任總務部長的人事部長找我過去，把保險箱的鑰匙拿走。

「雖然只有幾個月，能好好管理沒發生意外真是了不起。不過雖然是會長的交代，但還是有點做過頭了呢。」

「您是說我跟業務企劃部長的那件事情嗎？」

眼前這個應該是我上司的男人，就只是聳了聳肩，沒有多做回應。

「對了，道路清掃的工作應該要交接給哪一位呢？」

一開始他有些狐疑，似乎並不了解我在說什麼，好一會兒才小聲地說：「喔，那個啊……那個是你自己去做的吧？如果有人願意接下的話，那就隨意。當然因為那不是公司的工作，所以是不會有加班費的喔。」

太令人傻眼了，我也不知道該說什麼才好。我根本一次都沒有說過我要加班費啊。

「我知道了。」

我微微敬禮，打算離開人事部的辦公室。

「喔對了，還有代理主任那個職稱，你過去那邊之後就沒有囉。那是會長的任性，所以只有在你隸屬總務部的時候認可你使用，因此異動之前要把名片還回來。」

我只是聽著，沒有回應。

總務部的辦公室已經收得乾乾淨淨，工作也都交接給其他部門。我們走了以後，這個房間好像會變成倉庫。結果沒有找到人能夠交接道路清掃的工作。

丸先生和角太太最後來上班的那天，我們去了曾和會長一起吃蛋包飯的餐廳舉辦總務部解散會。

「我聽登川先生說他要調職了，兩位也要離職了嗎……」

負責人相當遺憾地說著。桌邊明明只有我們三人，負責人卻幫我們擺了四副刀叉。

「雖然不知道你哪時才能回來東京……不過也許你會出差，到時候要跟我們說一聲喔，我們再來這裡見面吧。」

「是啊，我們會期待的。」

角太太開朗的聲音真是一種救贖。

「那麼我們乾杯吧，登川你來帶頭。」

丸先生拿起杯子。

「那麼大家要健健康康，不能讓在天國的會長擔心。好啦，乾杯。」

「乾杯。」

明明沒有風，桌上的蠟燭卻驟然熄滅。我似乎從裊裊升起的煙霧裡看見了會長。

我在四寶堂的樓梯轉角平臺上，靠在那小桌邊撐著臉頰看向窗外。一回神才發現似乎開始下雨了，一位撐著大紅色傘、穿著風衣的女性走過。果然銀座無論什麼樣的風景都像是一幅畫呢。

被調職以後大約有三十年，我真的是相當誇張地在各種小型城市到處流浪度日。途中我和客戶負責文書工作的女性結了婚，也喜得三個孩子，不過工作一直都是那樣平凡，過著完全與出人頭地毫無關係的生活。非常遺憾的是我並沒能升上課長或者所長那種會被叫去總公司開會的職位，所以也不曾出差到東京。雖然我們有互寄夏季問候卡和賀年卡之類的，不過最終還是沒能再見到丸先生與角太太，他們兩人就去了另一個世界。而那間負責人對我很好的餐廳，我聽說也在泡沫經濟崩壞的時候休業了。

後來公司合併過好幾次，每次公司名都會改變，最後會長他們家的人都不在這間公司了。不過畢竟地點甚佳，所以總公司辦公室一直留在銀座。

大概在十年前，我才回到了銀座的總公司，這次是隸屬於企業總部設備管理部門，這個長到念的時候會咬到舌頭的地方，不過做的事情其實還是總務。

辦公室在一整個區域重新開發的大樓裡面，低樓層有大型商場，高樓層則是有高級餐廳的閃閃發光建築物。我相當明白，如今已經變成就算我擅自去掃馬路，也只是給大家添麻煩罷了，也就克制著不去做這件事情。

不過取而代之的是我盡可能向進出大樓的人打招呼、記得大家的名字，非常神奇的是，只要我用精神飽滿的聲音向大家打招呼，那些表情僵硬的人也會漸漸看起來變得比較溫和。

低頭看了看手錶，我坐了五分鐘左右。或許是因為雨變大了，這段時間一直沒有人進店。

在我發呆的時候，寶田先生就這樣靜靜地待在一旁。

「哎呀，真抱歉。這裡實在太舒服了……」

我慌張起身。

「差不多該走了。」

寶田先生用力搖搖頭。

「不，雨都下這麼大了，方便的話請上二樓吧。樓上有一個鋪了榻榻米的小平臺空間，您可以脫鞋在那裡好好休息。另外也還有非常適合寫東西或者讀書的桌子。來，請往這裡走。」

他長長的手臂比劃著往二樓的樓梯。

階梯旁雖然有照明，但是沒有人的二樓一片黑暗。靠著前方寶田先生的背影來到二樓，眼前突然大放光明。

「登川先生，您辛苦啦！」

宏亮的聲音和大量的拉炮一起轟隆作響。
環視一下房間裡，大概有超過五十個人。平常總在大廳和我打招呼的保全山本、到我們公司幫販賣機補充飲料的松本、負責打掃工作的古河、維修飲水機的野田、櫃檯的殿村、水川、七尾，郵差丸川和宅急便的有田、員工餐廳的齊藤大廚和工作人員鈴木，還有許許多多在公司背後支撐大家的人。
「各、各位是怎麼啦？」
我根本無法好好說話，硬是把話擠出口的怪聲音，惹得大家哄堂大笑。
「怎麼了？怎麼這樣講啦。當然是因為想要跟好好照顧大家的登川先生道聲謝才來的啊。我們在想說要怎麼辦的時候，寶田先生說『請使用敝店的二樓』，所以我就跟幾個人問問，結果沒想到一下就變成這麼多人啦。」
在保全山本說完以後，打掃的古河接著說下去。
「登川先生總是非常關心我們，會好好跟我們打招呼、對我們說『過得好嗎？』，而且問我們『有沒有遇到什麼困難？』。雖然這話真的是不好說出口，但我有時候覺得自己簡直跟透明人沒有兩樣，我明明在他們面前打掃，有些人的態度卻彷彿根本沒有發現我……但是登川先生您不一樣。」
「以前廚房曾經有水管管線故障的問題，那種時候很多人只會憤怒地說『快點去處理啦！』，就只有登川先生幫忙到處打電話，還拿起水桶和抹布開始打掃地板。只有您會這麼做。」

聽齊藤大廚說完，鈴木和員工餐廳的員工們都一起點頭。

「哎唷，那不都是理所當然該做的事情嗎……」

我實在是說不下去了。

「好啦，大家都在等您呢。來乾杯吧。」

松本遞給我罐裝啤酒。

「這是我們集團公司的商品。我告訴大家說登川先生要退休離職了，我們公司那些人就說『這是慰勞品！』，然後塞給我。其實大家都想過來，不過那樣人太多了，所以我就當代表。」

大家都非常溫柔地看著我，我真的不知道該說些什麼好。

「那個……真的很謝謝大家。」

盡最大的努力只能擠出這句回應。

保全山本帶頭喊乾杯，之後還有晚到的人，大家一起聊得非常愉快。其實我想著應該趕快跟寶田先生道謝才是，但是來跟我打招呼的人龍就是沒有消失過。

大概是過了一個小時左右吧？好不容易有個段落，大家開始享用起預先準備好的餐點，我才終於找到空檔逮住寶田先生。

「那個，很多事真的都很謝謝您。」

「請別這樣。讓客人對我這麼做，我會遭天譴的。」見我低頭，寶田先生十分慌張。

「而且我並沒有特別做什麼……飲料跟餐點都是大家準備的。我只是提供這個場地，然後把登川先生帶到二樓而已。」

「才不只那樣吧？真的是非常謝謝您。」

我堅持要向他行禮，寶田先生大概是認命了，輕輕點頭。

「我是有稍微幫點忙，但那也是因為被今天聚集在此的所有人熱情感動，他們說無論如何都希望能有個機會向登川先生道謝，所以這完全是因為登川先生您的人品。」

環顧四下，為我而來的人似乎都相當開心。

「真是太感謝了……不過這些也都是託了那個人的福。在我還是個一無所知的年輕人時，就細心教導我做人處世之道。」

寶田先生聽了之後重重點頭。

「其實本店地下室有臺古老的活版印刷機……上一代還健在的時候，會承接各處印刷品的委託，不過這幾年幾乎都沒有動那臺印刷機了。我想著這樣可不行，所以就拜託人幫忙尋找專業的人來全面維修，最近雖然還沒辦法大量承接，不過已經可以印名片了。也是因為如此，我整理了一下印刷機旁邊的商品架，結果發現了這個東西。」

寶田先生遞給我一個小塑膠盒，看起來是名片。

「這是……」

寶田先生點點頭。

「看來是客人訂購的東西，留在了我們這邊……由於姓氏不是那麼常見，我想著的確有這可能性。您可以打開來看看。」

在他的催促下我打開盒子，是三碼的郵遞區號，電話號碼也少了一碼。當然是沒有什麼電子郵件或手機號碼的古老名片，整體設計就跟會長給我的「代理主任」名片幾乎一樣，然而職稱那裡卻清楚寫著大大的「主任」。

「和那盒名片放在一起的訂單留底備註上寫著『與代理主任名片一起下訂』，看來是兩盒一起訂做的。」

「……會長。」

驟然看向窗外，不知何時雨已經停了。無雲的天空中月亮閃閃發光，就像是溫柔對我微笑的會長。

時節即將來到春季連續假期，銀座的文具店四寶堂店主寶田硯走到店門外的馬路上，確認陳列在窗邊的商品情況。有個人從背後喊他。

「哎呀，你好啊。」

慌張回頭的硯露出笑容。

「哎呀呀是登川先生，歡迎光臨啊。」

「剛好有空過來。先前真的非常謝謝你。」

「不必客氣。」

硯一邊回應，同時看著登川。

「這麼問好像有些失禮，不過您不是退休了嗎？穿著西裝來銀座的話……難道是有了新的工作？」

登川有些不好意思地笑著點點頭。

「嗯，我除了工作以外也沒什麼興趣啦，所以想盡量工作到身體不能動為止。不過我實在是不想在別人底下工作了，就自己開了公司。」

「開公司？哇，這樣啊。那麼，您開了什麼樣的公司呢？」

登川露出有些惡作劇的表情，開口問：「你覺得呢？」硯思考了好一會兒才舉白旗說：「我投降。」

「公司叫做『株式會社　銀座總務』。」

「銀座總務？」

「嗯，就是以銀座的餐飲店和零售店為主。其實這裡有不少小型公司，就是一手包辦那些公司總務工作的公司。」

「原來如此……」

硯相當感嘆地點著頭。

「嗯，就是這樣。所以我想做名片。」

「當然好，非常榮幸。」

硯帶登川進到店內。

「那麼職稱要寫什麼呢？一般來說應該是『董事長兼社長』吧。」

聽我這麼問，登川搖搖頭。

「不，我希望職稱是『主任』。」

「咦？不是社長，這樣好嗎？」

「嗯，這樣就好。畢竟要請社長做事會覺得很為難吧？如果是主任，那就什麼事情都能來商量，而且我覺得這樣，大家交代我事情的時候應該也會覺得安心吧。」

登川有些難為情地搔了搔鼻子。

「原來如此……那麼就來討論一下具體的樣式吧。」

「嗯，拜託了，不過我不想做得太過精緻喔。」

這裡是銀座的文具店四寶堂，看來店主與常客商量事情，還要再多花些時間呢。

〈書籤〉

「哎呀，真的很對不起啦。」
火車一開動，阿硯就開了口。
「就說我沒在生氣了。」
「這樣啊……可是我總覺得妳好像在生氣。」
這不是當然的嗎……我在心裡碎碎念，硬是把視線轉向窗外。
「下次會再補償妳的，所以原諒我嘛。欸，良子拜託啦。」
「好啦好啦。」
我把剛才從波士頓包裡拿出的文庫本放在腿上。
「畢竟是天氣問題，這也沒辦法吧？反正回去之後也還有一堆事情要做，阿硯你還是稍微睡一下吧。」
「嗯，呃，是沒錯啦……」
我從摺疊桌上的紙袋裡拿出了旅館老闆娘給我們的罐裝啤酒，拉開來之後，遞給阿硯。

「來，請用。」

「總覺得，很對不起。」

阿硯接過啤酒罐又低下了頭。

「好啦，不要再『對不起』大拍賣了。來，乾杯。」

我拿起自己的啤酒罐往阿硯手上的輕輕碰一下。

「乾杯……唉唉，居然在這種時候遇上幾年才一次的大雪。真是的，到底是怎樣啊？」

阿硯窺看著我的樣子，用力灌下啤酒。

「天曉得，我可是晴女耶。」

「嗯——我應該也不至於是雨男啊。」

我也瞄了一眼阿硯的側臉之後喝了口啤酒。在充滿暖氣的火車裡喝上一口冰鎮的啤酒，感覺真的很棒，心情稍微好了一點點。仔細想想，這可是第一次跟阿硯並排而坐搭這麼久的火車。

不久前四寶堂的常客，也是常常來我家店裡的「阿正」送了我們一趟旅行。正確來說他是送了住宿券給阿硯，然後送我能夠用在交通工具上的旅遊券。雖然阿正建議我們

「盡可能去遠一點的地方」，不過阿硯一個人包辦四寶堂的事情，再怎麼努力也只能空出兩天一夜。結果我們決定前往搭火車三小時左右的溫泉區。

我們在四寶堂公休日星期三出發，原先的計畫是搭第二天一大早的火車回來，這樣就能夠趕上開店時間。不過在我們吃了午飯、到附近的觀光景點散步的時候，天氣就變壞了。

傍晚進入旅館以後，老闆娘跟我們說：「天色看起來不是很好，今天晚上大概會下大雪。」聽她這麼說，阿硯難得慌張了起來。

「真糟糕。明天我本來打算開店，沒有特別貼臨時休息的公告。」

「沒關係啦，貼個公告之類的小事，跟我爸說一聲，他就會幫忙的。」

我爸就在距離四寶堂走五分鐘左右的地方，經營一間叫做「托腮」的咖啡廳。阿硯和我從小是青梅竹馬，所以他跟我爸也像是一家子了，貼個公告什麼的，說一聲絕對沒問題。

「說起來不是也可以在網頁上公告，還是推特上講一下之類的，有很多告知的方法吧？」

「嗯……嗯，也是沒錯啦。」

阿硯打開房間裡的電視，開始轉臺找起了新聞節目。他一邊用右手滑著手機，左手還拿遙控器切換電視頻道，還真是非常靈巧。

「既然都來了，還是先去泡溫泉吧。」

新聞節目打出了大大的「低氣壓炸彈襲擊！」字幕，呼籲大家要留心大雪。

「嗯，呃，說的也是。……總之先去泡了溫泉再想吧。」

結果從溫泉出來的時候，旅館周圍也開始飄起了片片雪花。

「那個，真的很對不起。我想我還是現在回去好了……」

「咦？」

我在浴衣外披上了羽織，正用矮桌上茶壺泡茶的手猛然停下。

「現在？晚餐都還沒吃耶。」

「……嗯，的確。不過要回去的話，好像過了十點都還有車，但那時候雪應該就變大了，或許火車會停開。啊，良子妳留下來住吧，我沒問題，自己回去就好。」

我忍不住大大嘆口氣，就算阿硯沒問題，我可不是沒問題。

「真的很對不起。但沒有事前告知就臨時休息，可能會有客人擔心。我那裡有很多上了年紀的客人，就算在網路上公告，他們可能也不會知道。而且沒有把店門附近的雪掃起來，應該也會有很多人感到困擾。所以……所以我還是得回去才行。」

我當然知道他是這種人，他總是關心別人，把自己放在後面。

「好啦好啦，我知道了，那就回去吧。」

「啊，不是啦，所以我說妳留下來住就好啦。」

「不可能那樣的吧？只有你回去的話，人家一定會以為我們吵架了。我不喜歡那樣。」

我拿起內線電話話筒。

告訴對方我們要臨時取消住宿時，老闆娘雖然驚訝，還是馬上處理。

「我們有負責接待的人在車站，先趕緊幫兩位準備車票。另外也會開車送兩位去車站，還請等我們準備一下。」

過了好一會兒，櫃檯撥了電話進來。收拾好東西前往大門口，老闆娘已經等在那裡。

「今天真的非常遺憾，還請務必再次光臨。」

阿硯遞出了住宿券，但是老闆娘說「下次來的時候才會收這張」，即使我們是當天才取消，卻硬是不收取任何費用。

「這怎麼行，我們還泡了溫泉呢……」

見我們慌張了起來，老闆娘微笑搖了搖頭。

「溫泉並不是什麼特別厲害的賣點啊。還沒讓兩位享用本館自豪的晚餐和早餐呢，怎麼能收兩位費用。還請務必再次光臨，我們會誠心等候。」

然後非常平穩地行了個禮。她的一舉手一投足都相當優美，真希望能成為這樣的女性。

「這可能會給兩位增添行李，但是還請收下。時間有限所以只是點簡單的東西，本館的廚師是由老闆兼任，為兩位準備了點能夠在車上享用的東西。」

老闆娘遞來的紙袋裡裝著便當和兩罐啤酒。

「謝謝您。」

我們連忙行禮。

「別這樣，請抬起頭來。讓客人對我做這種事情，我會遭天譴的。」

阿硯聽見自己平常對客人說的臺詞後一臉誠惶誠恐的樣子，看起來挺有趣的。

「啊，抱歉等我一下，是銀先生撥來的電話。」

阿硯拿著震動中的手機走到大廳角落去。

「真的很遺憾……應該是難得的機會吧。」

留在原地的老闆娘對我小小聲說著。

「嗯嗯，是啊。」

「不過一定沒問題的。」

老闆娘帶有深意地點著頭對我微笑。

「咦？……什麼沒問題？」

「這是我的直覺，不過我想一定會是個美好回憶的。」

她的笑容讓我覺得多少得到一點救贖。

就像是配合火車越來越快的速度，雪也跟著變大了。

「感覺情況好像真的不太好呢。」

「……嗯，希望半路上雪就會停了。」

阿硯平常都很冷靜，或者應該說都是我毛毛躁躁的，但今天他卻沒辦法靜下心來。看來是真的非常擔心能不能平安回去。

我們兩人一起眺望著窗外遠去的雪花。一開始還是細小如粉末的結晶，等到一陣子以後已經變成跟指尖差不多、頗為大片的雪花。看著我們倒映在玻璃上的臉以及外面下不停的雪，忽然想起以前見過一樣的場景。

把視線轉回腿上的文庫本，夾在書頁之間的書籤探出頭來。看了看那書籤與持續落下來的雪花，我想起了好久好久以前的事。

我和阿硯第一次見面，是在小學四年級的時候。

「良子啊，這孩子是我的孫子，他叫做硯。跟妳一樣十歲，會從第二學期起去妳就讀的那間學校。我想他應該有很多事情都還不明白，真是抱歉，可以麻煩妳照顧他嗎？拜託囉。」

就在暑假快要結束的八月下旬，附近文具店四寶堂的老爺爺，帶著阿硯來到我們店裡。

老爺爺介紹完以後，阿硯就咚地點頭敬禮。

「硯水先生，怎麼說抱歉這種客氣話呢？阿硯啊，你隨時都可以過來玩。遇上什麼麻煩儘管說，叔叔能幫你的都會幫喔。」

我在心中不禁念著：「又來啦！必殺技，這點小事。」雖然這也是老爸的優點，但對於女兒來說，總是要幫忙處理麻煩事真的是受不了。

結果這天在爺爺喝咖啡與老爸閒聊的時候，阿硯就默默吃著布丁，然後一直愣愣地望著馬路。跟班上的男生相比，他還真是非常乖巧的孩子。那是我對他的第一印象。

第二天幫忙跑腿的回家路上，在經過四寶堂附近的時候，阿硯正拿著掃把在掃店門外。明明時間還很早，夏季也還很炎熱，路上沒有什麼人影經過。

「早安。」

我從他後面出聲，阿硯一臉驚訝地回頭，但他沒有回答，只是默默地點頭。

「我說啊，有人打招呼的話，要好好回應對方才有禮貌啊。好啦，你也說『早安』啊。」

畢竟這是待客基本，所以老爸非常嚴格指導我，因此我對於打招呼之類的事情也相當在意。而且來店裡的客人都是大人，所以我在班上大概算是相當成熟的，誇張到班上男生幫我取了什麼「良子老媽」還有「說教婆婆」之類的綽號。

「早、早安……」

阿硯眨了好幾次眼睛，小小聲地回答。

「搞什麼，聲音那麼小，你有好好吃早餐嗎？要是爺爺沒辦法幫你準備的話，你可以來我們店裡吃早餐喔，我們早上七點就開始營業了。」

在我自顧自說話的時候，阿硯就只是默默靠在掃把旁聽著。

「欸，你有聽到嗎？」

「嗯，我知道了。」

因為實在毫無反應，我不禁擔心起他是不是真的有在聽。

這孩子真的跟我同年嗎？

「那我是幫忙跑腿的，要先走了，再見囉。」

「嗯，再見。」

我還記得那時候心想，人家說像隻鸚鵡在講話就是這種情況吧。

回到店裡，吃早餐的客人剛好都走了，老爸很悠哉地在看報紙。我跟他說回家路上在四寶堂前面看到阿硯。

「那孩子好像很虛弱呢，真的沒問題嗎？」

老爸稍微放下報紙，看了看我，輕輕搖著頭。

「怎麼那樣講呢。阿硯他啊……唉算了沒事。反正他跟妳同學年，妳要好好照顧他喔。」

「好啦好啦。」

第二天我趁午餐客人離開的空閒，拿暑假作業用的書去圖書館還。騎著腳踏車從四寶堂前面經過的時候，阿硯正在擦正面入口的玻璃門。

我按響叮鈴叮鈴的腳踏車鈴。

「午安，你在幹嘛？」

轉過頭的阿硯滿身大汗。

「……良子啊。呃，我在擦玻璃。」

看見他滿臉通紅，我有點慌了手腳。馬上把腳踏車停下來，抓起放在籃子裡的水壺。

只要夏天出門是去有點距離的地方，老爸一定會讓我帶個裝滿冰麥茶的水壺。他說：

「在覺得渴之前就要喝，中暑是很可怕的喔。」其實常常會有夏天的時候覺得身體不舒服而走進店裡的客人，這種時候老爸就會讓他們喝很多放了檸檬片的冰水，然後請客人坐在能夠好好吹到空調的座位。眼前阿硯紅通通的臉跟那些客人的臉色很像。

我拿下可以當杯子的水壺蓋，倒了一杯麥茶遞給阿硯。

「來，快點喝。」

阿硯兩手接過杯子，咕嘟咕嘟地馬上喝掉。往空杯裡再倒一杯，他也是馬上喝乾。

「……謝謝招待，很好喝。謝謝妳。」

他的臉色似乎平穩了一點點。

「我說啊，哪有人在夏天日正當中擦玻璃的啊？這樣要是中暑了怎麼辦啊，很危險耶。」

「嗯……可是髒掉了啊。」

我忍不住大大嘆了口氣。

「你昨天掃馬路，今天擦玻璃，怎麼都在打掃啊？」

阿硯眨了眨眼睛。他黑白分明的眼睛看起來好像小狗狗，有點可愛。

「嗯，是啊……」

「四寶堂的爺爺叫你幫忙的嗎？」

阿硯搖了搖頭。

「不、不是，雖然不是……但是他讓我有睡覺的地方，還讓我有飯吃，為我做了很多，所以我也得做點什麼才行。但我實在是不懂店裡的事情，所以也只能打掃了。」

阿硯第一次說了一整串話。我有點驚訝，原來他能好好說話嘛。

「可是他是你的祖父吧？我說四寶堂的爺爺。這樣的話，照顧你也很正常吧？啊不過應該先問，你爸媽呢？」

「父親因為工作到處旅行，母親很久以前就死了，所以我才和祖父住在這裡。」

「……是這樣啊。」

總覺得好像硬是問了不該問的事，猛然覺得非常對不起他。

「真不好意思，這是我自己想做的。謝謝妳的麥茶，很好喝。再見囉。」

阿硯說完以後又開始擦起了玻璃，仔細看會發現他做得相當順手，一點都不像是小學四年級的學生。

「嗯，那就再見囉。……啊，天氣太熱的日子，最好不要太勉強喔。」

阿硯輕輕點點頭，又繼續擦拭玻璃。

第二天，我趁店裡有空閒的時間去了四寶堂，果然阿硯正在用地板刷努力刷石階梯。我探頭看了一下，陰影角落處放了一個水壺。想著看來他還是有好好思考過這件事情呢，所以我沒有喊他，就直接回去托腮。

隔天，我覺得有些在意，所以又過去看看，結果他正在掃人行道。就這樣過了大約一星期，四寶堂的外觀亮晶晶到簡直跟原來不一樣了。

暑假的最後一天，我從四寶堂前面經過，阿硯正在拿抹布擦店門外設置的那個紅色圓筒形郵筒。

「你終於擦到沒有地方可擦，只好對郵筒下手啦？」

聽我笑著問，阿硯有些不好意思地搔搔頭。

「倒也不完全是這樣啦……這傢伙不管天氣多熱、吹風下雨都在這裡，總是開口笑著，有種一直在鼓勵我打掃的感覺呢。它有點髒掉了，我也就想幫它擦一擦，畢竟我沒有朋友。」

「這樣啊……啊，可是你說你沒有朋友，我們不算朋友嗎？」

阿硯眼睛睜得大到跟我第一次喊他的時候一樣。

「朋友？我們是嗎？」

「不是嗎？」

阿硯沉思了好一會兒。

「妳說我們是朋友的話，那我們應該就是吧。」

「什麼啊？」

因為實在太奇怪，所以我笑了出來。

那天晚上，我把自己跟阿硯的對話內容告訴老爸，在櫃檯後面默默擦著玻璃杯聽我說的老爸，盯著我的臉說：「妳仔細聽好了。還有，我要告訴妳的事情，絕對不能告訴別人，知道嗎？」老爸平常老是愛開玩笑，那時候的表情卻相當認真。

「阿硯的父親是相當有才華的風景畫家。他的作品有透明感十足的水彩畫，還有新版畫的原畫，實力相當高強。不管哪間圖書館一定都有收藏他的作品集，就是那麼有名的人。」

「風景畫家……所以才到處旅行嗎？」

老爸點點頭。

「他叫做寶田墨舟，據四寶堂的爺爺所說，在今年七月之前，他們父子倆一直在日本各地繞來繞去。如果發現了喜歡的繪畫題材，就會安頓下來畫畫，久的時候會到幾個月，短的話幾星期左右，就會移動到下一個地方。所以阿硯就一直轉學，根本沒辦法交到什麼朋友。」

「這樣啊……」

我隱隱約約好像懂了阿硯那些話是什麼意思。

「畫完以後就會把東西送去給簽約的畫商，賺到的錢又為了尋找下一個作品主題而用在旅費和畫材費上。他在那領域算是相當有名的畫家，但也沒有到無人不知無人不曉的程度，所以生活應該也是相當辛苦。雖然在旅途上會有喜歡繪畫的人好心讓他們兩個人留宿……為了要稍微報答別人的恩惠，所以阿硯一直都會幫人家打掃、洗衣服或者收拾東西之類的。他爺爺說他總是探看著大人的臉色，小心翼翼地過生活。實在是有點可憐哪，明明正是該像個孩子隨興過活的時期。」

「那他也不會在這裡待太久囉？」

老爸搖了搖頭。

「應該會，聽說是墨舟先生說什麼『為了尋找還沒畫過的題材，我想去其他國家』的樣子。畢竟實在不可能把孩子也帶到國外去，所以就交給了四寶堂的爺爺。」

「這樣啊。」

我鬆了口氣。

「啊，那阿硯的媽媽呢？他說已經過世了，是跟我們家一樣嗎？」

聽說母親生下我之後沒多久就過世了，所以我不記得母親。

「嗯，是啊。」

老爸從吧檯後走出來，往櫃檯旁邊的唱片架走去，踩著拉出來的墊腳臺，抽出上面架子的一張唱片。封面上是一位在鋼琴前擺好姿勢的美麗女性。

「阿硯的母親藝名叫做莉莉哀川，是出了好幾張唱片的爵士歌手。但是五年前左右生病過世了。」

老爸一邊說著，把唱片裝到留聲機上，沒多久歌聲從音響傳了出來。

「五歲的時候母親就死了……一定很痛苦吧。」

「……這話從妳的嘴裡說出來會讓人多心呢。」

「我沒事啊，畢竟我可是完全不記得媽媽的事情呢。」

老爸沒有回答，只是盯著那旋轉中的唱片瞧。

一回神才發現火車速度變慢了。

「各位乘客您好，由於適逢強風，本列車將會在通過前方鐵橋之前減速運行，因此抵達各站的時間將延遲十分鐘至三十分鐘左右。同時由於降雪影響，延遲時間可能會有所變動，還請各位乘客體諒，謝謝合作。」

或許是車掌先生也難得遇到這種情況，廣播說得非常快。

「能好好抵達東京嗎……」

難得阿硯語氣如此擔心。

「慌慌張張也不能怎樣吧？好啦，我們來吃老闆娘給我們的便當吧。」

我從紙袋裡把便當拿出來遞給阿硯。

「也是……」

「如果雪大到能讓火車停止運行，那明天應該也不會有客人啦。好啦，不要再擔心了，趕快吃吧。」

拿掉包裝紙、打開蓋子，兩個人異口同聲。

「這真是豪華……」

「唔哇……看起來好好吃。」

我們忍不住對看了一眼。

有蝦子、西太公魚、地瓜、舞菇、青辣椒的天婦羅；煎鮭魚上面有奶油醬，還搭配了菠菜與鴻喜菇；燉菜有穴子魚、白蘿蔔、紅蘿蔔、小芋頭，還加上了配色用的櫛瓜與豌豆等；另外還有骰子牛里脊搭配烤蔬菜；稍微捏成圓筒形的飯上撒了芝麻與切碎的紫蘇葉；甜點是哈密瓜與草莓。

我才拉開筷子，阿硯跟平常一樣迅速吃了起來。

「哎唷，不用那麼慌張啊，又不會有人拿走。」

一回神我又說起了平常掛在嘴邊的臺詞。仔細想想，我第一次這樣說，應該是那個時候吧？

九月一日，第二學期開始了。我比平常更早些從托腮出門，走向了四寶堂。從托腮走五分鐘就會到四寶堂，不過其實跟學校是反方向，所以說老實話還真是有點麻煩。

我按下後門的門鈴，過了好一會兒才聽見「來啦……」，是四寶堂爺爺的聲音。

「我是良子，早安。我來接阿硯，我想說可以跟他一起去學校。」

「哎呀，這樣啊，已經是上學時間啦。」

感覺他慌慌張張掛掉對講機。

大概等了五分鐘左右吧？阿硯和爺爺才走了出來。

「你的書包呢？」

阿硯提起了手上的背包，回答我的問題。

「我只有這個。」

「喔？是喔。」

我向呆站在阿硯身後的爺爺搭話。

「爺爺也要一起去嗎？」

「不，上星期已經辦好了轉學手續，老師也說讓他一個人去學校就可以了。」

「這樣啊。啊，不過今天是開學典禮，所以沒有營養午餐，中午前就會回來了。」

聽了我說的話，爺爺一臉煩惱。

「是嗎……我還以為是有午餐的呢。硯，抱歉，你在回來路上順便去趟托腮吃點什麼東西吧。今天實在很忙，沒有辦法準備。」

托腮有許多常客都會賒帳，當然爺爺也是常客，所以阿硯吃喝的東西也可以賒帳。

阿硯默默點點頭，然後跟在我身後。

到了學校，發現阿硯跟我同班。應該是老師為了讓四寶堂的爺爺放心，所以才讓我們同班的吧。

阿硯完全成為整個學校的矚目焦點，就連高年級生也有一堆人跑來教室看他。畢竟這裡是一個學年只有兩班、就算全校學生聚集在一起也只有三百人左右的小小小學校，所以有轉學生來會引起騷動也是情有可原。

「欽良子，妳跟他是一起來學校的對吧？你們認識嗎？」

班上同學千尋偷偷問我。

「我們只是住在附近而已，四寶堂的爺爺說希望我幫忙照顧他……畢竟他是常客，我們不能隨便拒絕。」

「哇，是喔。不過我有點羨慕妳耶，妳不覺得他很帥嗎？」

聽了千尋有些早熟的話語，我搖搖頭。

那天要交暑假作業和決定第二學期各種活動的職位分配等等，這些事情做完以後，十一點前就放學了。阿硯和我一起回到托腮，我讓他坐在吧檯最邊邊。

時間是十一點半，接下來是店裡非常忙碌的午餐時間。我把菜單遞給阿硯，然後拿了冰水和溼毛巾給他。

「你想吃什麼？從裡面選吧。」

我一邊穿起圍裙一邊告訴他，同時用頭巾把頭髮包好綁起來。阿硯喝了一口水，開始仔細從菜單第一行看起。在這段時間內客人陸陸續續上門，我去帶位、上冰水、幫人點菜等一如往常工作。

大概過了十分鐘吧？我回到阿硯面前，他還在看菜單。

「你決定了嗎？」

聽見我喊他，阿硯有些驚訝地抬頭。

「選項還真多呢，這個菜單。」

「是嗎？咖啡廳不是通常都這樣嗎？所以你要吃什麼？」

阿硯仍然盯著菜單回答：「吐司。」

「咦？吐司是說普通的吐司嗎？真的這樣就好嗎？」

「……嗯。」

「為什麼？要不要點別的？我們有很多東西啊。」

早餐套餐雖然會有很多人點吐司，但還真的是第一次有人在中午只單點吐司的。

注意到我們對話的老爸突然插嘴。

「怎麼，你擔心錢的問題嗎？沒問題，硯水先生有打電話說你想吃什麼就讓你吃。月底硯水先生會一起來付錢，你安心吃你想吃的就好。」

聽了老爸的話，阿硯眨眨眼睛，又開始看起了菜單。

過了好一會兒我從他旁邊經過的時候，他才小聲叫住我：「有推薦的嗎？」

「這個嘛，如果你沒有很餓的話，披薩吐司如何？如果想多吃一點，那就是義大利肉醬麵，或者紅酒燉牛肉飯，還有蛋包飯都很好吃喔。」

「那就披薩吐司。」

「咦？喔，這樣啊，好，那就披薩吐司囉。」

阿硯向我點點頭。

我在單據上寫了「披T・1」，洗了洗手拿出吐司麵包，然後切成大概三公分厚。

「咦，是妳做嗎？」

阿硯一臉驚訝地從吧檯上探出身體。

「嗯，吐司、三明治還有熱狗之類簡單的東西是我負責做的。他還不讓我做義大利麵、蛋包飯那類要用火的東西就是了。」

我把番茄醬塗在切好的吐司上，又疊上剁碎的洋蔥、一大堆起司條，之後放上青椒和義大利香腸，然後又撒了些起司之後，放進吐司烤箱裡。

空下來的手從冰箱裡拿出小沙拉碗，連同叉子一起拿到阿硯的座位。

「好厲害喔……我有點驚訝。」

聽他的聲音似乎真的非常驚嘆，我也覺得挺開心的。

「是嗎？也不是什麼大事啦。對了，套餐的飲料你要喝什麼？熱的有咖啡跟紅茶，冰的除了咖啡跟紅茶以外，還有柳橙汁和牛奶。」

「那就柳橙汁。」

我忍不住噗哧一笑。

「你是小孩喔？不喝冰咖啡之類的嗎？」

「嗯……我沒有喝過咖啡。」

「咦？真的喔。那就不用勉強，還是柳橙汁就好。」

我擺出一副姊姊的樣子，拿了柳橙汁給他。

正好剩下最後一杯的量，我就把原先還裝著果汁的紙盒用水沖了沖，準備丟進垃圾桶裡。「啊！」是阿硯的聲音。

「什麼？」

「那個妳要丟掉嗎？」

「嗯，已經沒了。」

我把紙盒開口轉向他，讓他看裡面是空的。

「……那可以給我嗎？」

「可以是可以，你要幹嘛啊？」

「我想拿來當成抄紙的材料。」

「抄紙？什麼？」

我忍不住回嘴問，阿硯反而一臉「啊？」的不解表情。

「……呃，就是製作紙張。」

「喔？紙是可以自己做的喔？」

我一邊回答，同時用抹布把紙盒溼漉漉的地方擦一擦，然後遞給阿硯。

「謝謝妳。」

雖然只是把原本要丟掉的東西給他，阿硯還是非常有禮貌地道謝。

「不用謝啦，你那麼想要的話，都可以給你啊。反正每天都會有一堆，牛奶跟鮮奶油都是這種盒子。」

「全部都會丟掉嗎？」

「嗯。」

「好浪費……」

他的語氣聽得出來是打從心底覺得真的很浪費。

「那如果我留下來的話，你都要嗎？」

「嗯，當然。」

就像是迎合阿硯忽然綻放光芒的表情，吐司機也傳來「叮！」的一聲。

取出吐司的同時要小心不能被燙到，拿菜刀稍微切成四等份，然後放在鋪了餐巾紙的盤子上拿給阿硯。

「好了，久等啦，很燙要小心喔。」

我話都還沒說完，阿硯就低下頭去，說著：「我開動了！」然後一口咬下披薩吐司。

「好燙！好、好吃。」

阿硯瞪大了眼睛。

「哎唷，不用那麼慌張啊，又不會有人拿走。」

我忍不住這樣對他說，而阿硯一邊點頭，還是繼續用那樣的速度吃。先前我做過很多次披薩吐司了，但第一次有人吃得這麼津津有味。老實說我真的很高興。

阿硯花不到三分鐘就吃完了，然後盯著我的臉用力點頭。

「真的很好吃，謝謝招待。我有生以來第一次覺得竟然有這麼好吃的東西。……妳真的很厲害。」

阿硯的表情這麼認真，害我莫名害羞了起來。

「太誇張啦……」

我現在常常想，那時候要是能老實說「謝謝」就好了。

第二天起，我們有好一陣子一起上學。不過後來阿硯交到其他男生朋友，所以不知何時起，我們就沒有一起去學校了。

但是沒有營養午餐的星期六，他一定會到托腮來，吃過午餐以後再回去四寶堂。而且他每次都點披薩吐司。

問他說：「你不膩喔？」他會回：「嗯，完全不會。」然後堅持只吃披薩吐司。結果大概維持了三個月都是點披薩吐司，有天不知為何忽然吃了熱狗堡，然後又是一樣的東西連點三個月……大概就是這樣，現在我家的菜單應該沒有他沒吃過的東西了吧。

而且他每次來店裡，就會萬分珍惜地把我留下來的空紙盒拿回去。

「你還真的都拿回去耶，真的有用嗎？該不會其實是拿去你家丟掉吧？」

「怎麼會……我有用啊。要好好泡在水裡，撕掉薄膜之後把紙的纖維打散，然後細心攪拌均勻。等到變成糊狀的時候稍微加一點糨糊，然後鋪在抄紙用的木框上面放到乾燥，就可以用來做成明信片或圖畫紙了。」

「喔？是喔。那你也做點什麼給我吧。」

阿硯眨了眨眼睛看著我。

「嗯，好啊，我知道了。約好了。」

結果吃這個便當阿硯就花了十五分鐘。雖然也是因為一邊啜飲著罐裝啤酒，而且還在擔心天氣，不過感覺得出來阿硯有盡量放慢速度了。

我大概晚了他十分鐘吃完便當，阿硯就拿著手機站起來說：「我去丟垃圾，順便打電話問問老闆下雪的情況。」

「啊，要打給他的話，我打吧？」

「不，沒關係，他有可能剛好在外面灑融雪劑之類的，或許會沒聽到電話，那我就要打給商店公會的其他人看看。」

銀座有十幾個商店公會，四寶堂跟我家是同一個單位，幾年前阿硯就被其他人推舉成為理事，也是因為這樣，他熟悉的經營者也增加了不少。

「那我暫離一下。」

看到手上拿著垃圾在通道上前進的阿硯，我想起了教學參觀日的事情。

四年級的第二學期轉眼間就來到後半，那是十一月發生的事。那天是文化之日，我們小學把文化之日定為「學校公開日」，也就是讓監護人到學校參觀大家上課的情況。雖然當時已經不再是昭和而是平成年間，不過到學校參觀的監護人大部分仍然是母親，由父親或祖父等男性露臉的家庭還是非常少見。也因為這樣，我非常討厭教學參觀。雖然老爸來了我會很開心，但畢竟男性家長還是很醒目。我非常羨慕其他同學有個會去美容院把頭髮打理得漂漂亮亮，又穿著時髦衣服來學校的母親，但我知道老爸相當期待教學參觀，所以也沒辦法跟他說「你不要來！」。

那年我們班上把國語課當成參觀科目，而老爸和四寶堂的爺爺都來看了。果然今天大部分同學都是母親來，老爸和爺爺非常顯眼。

上課前回頭看後方的班上壞男生小聲鬧著說：「一群女人裡面有兩個大叔！」這句話讓班上所有男生都嘻嘻笑起來。結果又有一個人大聲鬧著：「不對吧，是大叔跟老頭子。」

我無法開口反駁大鬧的男生，就一直低著頭。明知道回頭揮揮手，老爸一定會很高興。

坐在我旁邊的阿硯瞄了我一眼，馬上站起身來，往監護人們站的教室後方走去。

「喂！」我慌張回頭要喊他，卻沒來得及。

阿硯走向四寶堂的爺爺，用所有人都能聽見的聲音清清楚楚說著。

「爺爺，謝謝你在店裡這麼忙碌的時候，還過來一趟。」

然後又說「我會加油的」。爺爺用力點點頭，平靜地回答：「噢，好。」這突如其來的舉動讓那些壞男生根本無法反應。我猛然抬起視線，正好與站在爺爺一旁的老爸對上眼。老爸沒有出聲，只是嘴型說著「良子也加油喔」，我輕輕點了頭。剛好那時老師走進教室，上課鐘也響了。

那天課堂上要發表新詩。前一週教過我們寫詩的基礎，然後老師出了作業，要我們在今天以前從「學校」、「朋友」、「家人」，三個主題當中挑選一個來寫詩。

說老實話，詩這種東西應該怎麼寫才好？我實在是搞不清楚，就一直愣愣地想著，然後拖到最後一刻。結果昨天晚上我才挑了「學校」這個題目，硬是把入學以後的回憶寫得好像詩一樣就算了。雖然不是糟到不行，不過當然沒有好到可以在大家面前發表。

「那麼有誰想要發表的呢？」

老師說著便環視教室。

大家都一起低下了頭，只有一個人舉手。
「我！」
「好的，那麼就請寶田同學。」
我驚訝地看著旁邊的阿硯，他的側臉不知為何非常認真。或許是發現我在看他，他瞄了我一眼之後輕輕點頭，然後站起來，單手拿著摺成一半的作文用稿紙，穩重地走向講臺。那直挺挺又凜然的背影，總覺得和我平常看見的阿硯不是同一個人。
阿硯站在黑板前。
「好的，那麼寶田同學，嗯，你的主題是『朋友』是嗎？」
阿硯點點頭攤開稿紙。
「喂！寶田你耍什麼帥啊。」
壞孩子的其中一人鬧了起來，接著有幾個男生也笑了。監護人區的幾位母親們也咬起耳朵。
「好啦，安靜。」
老師提醒完，教室就陷入一片寂靜。
「那麼準備好了以後，就可以開始囉。」

阿硯聽了老師的話點點頭，深呼吸一口氣然後開始朗讀。

朋友

寶田硯

有記憶以來我一直獨自一人
但不曾覺得寂寞
有記憶以來我一直在旅行
春天到夏天在北方，秋天到冬天在南方
我明明見過許多美麗景色，卻想不起任何風景
我一直獨自一人
一直覺得好奇怪，為什麼想不起任何事情呢
但是最近解開了這個謎
想不起任何事情，是因為我獨自一人

今年夏天，我來到東京
這裡有些混亂並不美麗
但我有許多回憶

我希望能夠創造更多回憶
和那個見到獨自一人的我
就伸出手的朋友一起

他的聲音在我心底迴響，一回神才發現我正在拍手，鼓掌聲越來越大，響徹整個教室。

那天晚上，老爸讓托腮提早打烊，找了爺爺和阿硯來開晚餐聚會。老爸發揮廚藝做的那些餐點，由我這個親生女兒來說有點不好意思，不過真的都非常好吃。他和爺爺大概是真的很高興，心情很好地喝了許多酒。

就在兩人興頭上的時候，我和阿硯一起回到我的房間。

「哇，妳有自己的房間啊……」

才踏進我的房間，阿硯就一臉好奇地環視房內。
「你沒有嗎？我看店面樓上好像有很多房間啊。」
阿硯輕輕搖搖頭。
「房間是有很多，但都是放店裡的庫存，還有帳本之類的。好像有很多需要保存在家裡的東西……所以沒有我的房間。」
「是喔……」
我讓阿硯坐在我念書的椅子上，自己往放在地板上的坐墊坐。
「你今天的詩真的寫得很好。」
「謝謝……」
阿硯有些害羞地笑了。
「為什麼你能寫那麼好啊？」
我有點好奇。
「……問我為什麼，我也不知道。只是……」
「只是？」
「我曾經跟妳在郵筒前面講過話對吧？我只是試著把那時候的心情直接寫下來。」
我覺得心裡似乎充滿了好像有點高興又有點不好意思，那種難以言喻的心情。

「不過這樣就能寫得那麼好嗎？你是不是平常就有在寫詩之類的？」

我連忙把話題延續下去，用問題來含糊帶過自己的心情。

「嗯……那個，我通常是不太跟別人說啦，但我如果看到覺得不錯的詩，就會抄起來。」

「咦？」

話題往我完全沒有預料到的方向前進，讓我有些慌了。

阿硯卻絲毫沒注意到我的樣子，從口袋裡拿出了小小的手帳。黑色封皮的本子旁邊還插了一支細小的鉛筆，封面有金色的「Jet-ace MEMORIAL BOOK」字樣，怎麼看都不像是小學生會帶在身上到處走的東西。

「先前我一直都跟父親在日本到處遊走。我父親是專門畫風景的畫家，所以會去各種被人稱讚風光明媚的地方，那種地方通常都會放一些說明的看板。」

「喔……」

我還真沒見過可以順口說出「風光明媚」這種成語的十歲小孩，有時候真的搞不懂阿硯到底是很成熟還是非常小孩子氣。

「那種地方經常會寫一些當地出身的詩人或俳句作者吟詠的詩歌或俳句，我讀了以後如果覺得還不錯，就會抄下來。畢竟如果只是讀過一遍，很容易就會忘掉吧？而且又不一定會再到同一個地方……」

我接過他遞來的手帳。

「我可以看嗎？」

阿硯默默點頭。

打開來一看，裡面用非常工整的字跡寫得滿滿的。詩、短歌、俳句，下面還寫著是在哪裡看到的、看到的日期，還有作者名字等。稍微翻一下，大概有五十來篇詩、短歌或者俳句之類的東西。

「感覺好厲害喔，阿硯你真的是小學四年級學生嗎？」

阿硯愣住，然後搖搖頭。

「沒有那回事。我只是抄起來啊，這很簡單的。」

總覺得自己才真的是相當幼稚，不禁覺得很丟臉。

我連忙拿出事前放在書架角落的黑膠唱片。

「噹噹——這是我給你的禮物。你今天發表的詩真的很棒，所以就當成獎勵給你聽這個。」

那是老爸給我看過的莉莉哀川的唱片。

「這是誰？」

「咦？你不知道嗎？」
我有點驚訝。
「嗯……是很漂亮的人呢。」
「我聽說是你媽耶……」
「……這樣啊。」
我忽然發現自己做了非常過分的事情。
「抱歉……我還以為你知道。」
阿硯從我手裡拿過唱片盯著瞧。
「我記得的母親臉龐要再更瘦一點……畢竟我也沒看過她化妝的樣子，還以為是其他人。不過仔細看看，感覺的確很像是我母親。」
「欸，對不起啦，我多管閒事了。我這樣好像很粗線條。」
阿硯緩緩搖著頭。
「沒有那回事。父親似乎覺得回想那些事情很痛苦，所以什麼都不跟我說……但我從以前就一直很想知道母親的事情。良子妳又如何呢？我聽祖父說妳在比我更小的時候就失去母親了。」
「……我出生沒多久，母親就去世了，所以我什麼都不知道。那些我認為自己知道的事情，也都是老爸跟我說的。那些他們相遇、談了轟轟烈烈的戀愛，然後結婚生下我……還有母親過世前的事都是。畢竟他跟我說過很多很多很多次，所以我一直覺得那些就是真的……不過畢竟是我老爸嘛，我想他應該是不希望我覺得不開心，所以也捏造了不少吧。」

「這樣啊……不過說起來像我家這樣什麼都不說，跟妳這樣聽了各式各樣的事情，哪樣比較好呢？」

「天曉得……」

阿硯把唱片遞回給我。

「這個可以聽嗎？」

「嗯，當然可以。我就是為了放才拿來的……」

「讓我聽聽看吧。」

阿硯直直盯著我的臉瞧。

「是可以啦……沒問題嗎？」

「嗯。」

我默默從阿硯手上接過唱片，打開瓢蟲造型的攜帶式唱片機[5]，把唱片裝好以後，放下唱針。

過了一會兒，傳出安穩的鋼琴聲，然後一個女性的聲音隨著旋律響起。原本想著鋼琴與女聲低喃般的音樂會繼續下去，不知不覺已經變成貝斯和爵士鼓敲響的節奏。

歌詞好像都是英文，不過有時候會夾雜日文，醞釀出一種獨特的柔和感。

大概三十分鐘左右，A面就結束了。阿硯靠在椅背上，愣愣地凝視著窗外。

我默默地把唱片翻到B面。這一面好像是收錄演唱會的現場演奏，所以曲子之間還能聽見觀眾席上窸窸窣窣的呼吸聲、鼓掌以及口哨聲。

B面也是大概演奏三十分鐘左右，最後有一句短短的「Thank you」。

「這就是我母親的聲音啊……」

「跟你印象中的不一樣？」

「怎麼說呢……我不確定，畢竟大家說話的聲音和歌聲本來就不一樣啊。而且這個是爵士對吧？歌詞好像是英文。」

「這樣啊……」

我關掉唱片機的開關。

「謝謝妳準備了這麼棒的禮物，我覺得好像被母親誇獎了，真的很高興。」

5. 一九七〇年代日立公司製作的瓢蟲外形手提式黑膠唱片播放機，型號為MQ-20。

阿硯從椅子上起身，端正姿勢向我行禮。

「不要這樣啦，我還在反省自己多管閒事了呢……啊對了，這個借你吧，你拿回家去。其實這是店裡的東西，不過我想老爸一定會說沒關係的。」

我從唱片機裡把唱片拿起來，收進紙套裡遞給阿硯。

「不用啦，沒關係。我祖父那裡是有小型的手提音響，但是沒有唱片機，而且我自己也沒有唱片，不知道能不能收藏好。既然知道托腮有的話，我想聽的時候過來就好了。」

「真的嗎？」

「嗯。」

之後我們回到一樓店面，老爸跟爺爺都醉倒了。阿硯非常俐落地拉著爺爺站起來，讓他搭著自己的肩膀走。

「沒問題嗎？不要勉強喔，讓他直接躺在這裡吧？」

阿硯輕輕搖著頭。

「我已經習慣這樣應付我爸了，四寶堂也很近……那就晚安囉。」

「晚安。」

我就這樣一直盯著走出店家、背影搖搖擺擺遠去的兩人轉過路口。

回頭看看店裡不見老爸人影，大概是去廁所之類的吧。我回到自己的房間拿出唱片，裝在店裡的留聲機上。其實應該要錄在ＣＤ上會比較好，不過托腮的留聲機是只能轉錄到錄音帶上面的老舊機型。我拆了老爸買來放的空白錄音帶裝上去，放下唱盤上的唱針，靜靜按下「錄音」按鈕。

「東京似乎也開始下雪了呢。」

阿硯回到座位上大大嘆了口氣，火車還是一樣緩慢前進，連原本要停的第一站都還沒到。

「已經晚了一個小時呢。」

「嗯……早知道會這樣，就不要勉強了。」

阿硯很難得地吐出了感覺是有點後悔的話語。

「說什麼傻話啊，都來不及了，再繼續慌慌張張也不能怎樣。」

阿硯瞄了我一眼只吐出「唉——唉」，然後蹺了二郎腿閉上眼睛。

「對啦對啦，你就好好睡覺。」

我拿起腿上的文庫本，再次看向只稍微露出頭的書籤。雖然我一直非常愛惜它，但真的很老舊了。

教學參觀的時候，阿硯朗讀的詩我實在覺得很棒，但是被送去東京都新詩大賽的卻是其他同學寫的作品。我後來才聽說是因為阿硯的太成熟了，讓人感覺起來不像是小學生，所以沒有被選上。

「好過分喔。」

雖然我相當氣憤，但是阿硯只輕輕聳肩說什麼：「沒辦法啊。只要有良子稱讚我就夠了啦。」

之後有社會科實習、班級對抗的大型跳繩大賽等等活動，第二學期就這樣過去了。在各種活動之後，阿硯也逐漸融入班上同學，甚至可以跟那些壞男生感情融洽地踢足球、打棒球之類的。

一回神才發現已經接近平安夜，每年托腮都會開放常客下訂聖誕蛋糕。大概一星期就會截止下訂，二十三日會比平常還早關門，開始做蛋糕。

我和老爸兩個人拚命趕工，在換日的時間做完所有蛋糕。猛然發現窗外已經開始下雪了。

「你看，下雪了！」

「喔喔是白色聖誕節呢……不過還是希望不要積雪啊。畢竟剷雪很辛苦，而且客人也會變少。」

「真是的，難得感覺是很浪漫的聖誕節耶。」

我嘟起嘴來，老爸一臉驚訝。

「妳該不會是已經交到男朋友了吧？」

「咦？沒、沒有啊。」

我的聲音稍微拔高了，反應的確是有點奇怪。

「這麼說來，妳好像有寫信還包了什麼東西？喂，對方是誰？不會是男人吧？還是妳老爸我認識的傢伙？」

「不是，就說不是啦。那個不是那種禮物啦。」

我慌張逃回了自己的房間。

天色漸明來到早晨，雪雖然有積起薄薄一層，但之後一直下下停停的。

開店之後，先前預約的客人很快就接二連三地來拿他們預約的蛋糕，但是卻一直沒看見四寶堂的爺爺。原本還以為阿硯會來幫忙拿，但也沒看見人影。

「是不是忘掉啦？要不要送去？」

老爸搖了搖頭。

「不用那麼焦急，離關店還有一段時間啊。可能是他們有自己的時間規劃，妳就等等吧。更何況四寶堂現在是旺季呢，聖誕節有很多大人會選鋼筆、高級原子筆或者進口手帳當成禮物送人，而且好像有很多客人會趕在年底最後才來委託印賀年卡。人家沒拜託我們就送過去，可能會給人家添麻煩的。」

就算知道老爸說的對，但我就是很在意。

到了下午，托腮擠進了聖誕節約會來此等待對方的客人，真是忙到頭昏眼花。大部分都是在約定的十分鐘前有一個人會先到，另一個人晚點來了以後，他們就會一起離開，店裡的客人大概就是這樣一輪換過一輪。

到了傍晚，雪開始大了起來，積了大概五公分左右。為了避免滑倒而緊靠著彼此、消失在銀座街道盡頭的行人們，看起來都非常幸福的樣子，在平安夜這個特別的日子享受著銀座約會。

「欸老爸，像我這種出生長大在銀座的女孩子，聖誕約會要去哪裡啊？」

老爸一臉不高興地搖搖頭說：「妳現在想這個還太早了。」

一回神才發現只剩下十分鐘左右就要關店了。聽見大門打開的聲音，反射性先說出「歡迎光臨」，回頭才發現是阿硯站在門口。他手上雖然有拿傘，不過外面風很強，所以毛呢外套還是鋪滿了雪花，變成一片白色。

「呃，這個。」

阿硯遞出預約時我們給客人的蛋糕兌換券。

「真是的，還以為你不來了。」

我從冰箱裡拿出僅存的一盒蛋糕。

「抱歉。本來是有想要早點來……但是要包禮物，還要去送印好的賀年卡之類的，一下就傍晚了。想要出門的時候因為開始積雪，又說得要先剷雪……」

完全如老爸所說，我忍不住嘆了口氣。

「不過太好了，明年要是覺得沒辦法來拿的話，就撥個電話過來吧，我會幫你們送過去的。」

「咦？可以幫忙外送嗎？」

好像很久沒看到阿硯這樣眨著大眼睛的臉龐。

「平常不會啦，常客才有的特別服務。」

我將蛋糕裝進手提袋裡，從櫃檯後面走出來遞給阿硯。

「好啦，托腮特製聖誕蛋糕。裡面沒有放防腐劑，所以最晚明天中午之前要吃掉喔。」

我模仿老爸對客人說明的樣子。

「嗯，謝謝妳。晚餐後會吃的。」

阿硯接過紙袋，改用單手提著，然後用空著的另一隻手從外套口袋裡拿出了東西，是個小小的信封。

「啊，不嫌棄的話這個……妳願意收下嗎？」

我接下阿硯遞來的信封。

「這是什麼？」

「……聖誕節禮物。不過我沒有送禮物給別人過，不知道送什麼才能讓人高興，所以可能不是妳會期待收到的東西吧。」

「謝謝……欸，我可以打開嗎？」

「嗯。」

我用櫃檯上的剪刀剪開了信封，裡面是一張書籤。

「哇……」

那是略帶厚度的手工和紙，上面有淺藍色大理石花紋，開了個洞的地方綁了深藍色的緞帶，角落上用花體英文書寫著「K to R」。

「好漂亮喔。這是書籤？」

阿硯輕輕點頭。

「因為妳好像很常去圖書館……我想說妳可能會用到吧。」

我還以為他對我絲毫不感興趣，真是嚇了我一跳。

「妳不是都有給我紙盒嗎？就是用那個做出紙張，然後用一種叫做墨流[6]的方法製造花紋。」

「這是阿硯你自己做的嗎？」

阿硯微笑了一下。

「先前有約好了吧？要給妳用紙盒做的東西。」

「原來你記得啊……」

我隨口說說的事情，他卻好好聽進去、沒有忘記，實在讓人覺得很開心。

阿硯一臉不好意思地搔搔頭說「那就再見囉」，然後準備轉身離去。

「啊，等等。」

我從結帳櫃檯旁邊的抽屜裡拿出一個小包裹。

「這個不算回禮啦……聖誕快樂。」

6. 在淺盤中裝水，滴入墨水後以沾油的竹籤等物品在水面上劃過墨水拉出花紋以後，把紙鋪上去吸墨再提起來，原先在水面上的花樣就會轉印到紙張上。

「咦，妳有準備給我的禮物？」

阿硯接下我拿出來的包裹，一邊開口詢問。

「嗯，是啊。」

阿硯浮現有些困惑又有些害羞的笑容。

「謝謝……是什麼？我可以打開嗎？」

「當然。」

我把剛剛才拿給他的蛋糕紙袋先接了過來，阿硯非常細心地拿下緞帶，拆開包裝。

「這是錄音帶？」

「嗯。你說你家有手提音響對吧？所以我把我們一起聽的那張專輯轉錄進去了。」

「……謝謝。唱片原來可以轉錄成錄音帶啊？」

「其實應該錄成ＣＤ比較好……可是托腮的老留聲機只能錄成錄音帶。」

阿硯輕輕搖著頭。

「錄音帶比較好，因為祖父家的手提音響真的很老舊了，只能聽錄音帶。」

阿硯打開盒子，有一張小小的、摺起來收在裡面的紙。專輯裡面有一張歌詞卡，我就抄起來了。

「這些是妳寫的嗎？幾乎都是英文歌詞耶。」

阿硯把盒子收進口袋裡，展開那張紙。那是我最喜歡的信件組，因為不捨得用，所以完全沒有使用過，就在這次一咬牙打開來用了。

筆我是用一個在當貿易公司老闆的托腮常客送的法國製藍色墨水原子筆，書寫的感覺很特別，而且要寫自己不習慣的英文還真是挺難的。

帶著柔和奶油色的紙張搭配那有些藏青的藍色墨水，總覺得我不成熟的英文字看起來也還算時髦。

「嗯，是啊，只是抄一下而已。不過我可能有寫錯喔，畢竟根本就還沒學過英文啊，所以錯了你也不可以對我生氣喔。」

我嘟起嘴巴，阿硯則大笑起來。

「謝謝妳，我會好好愛惜的。」

「我才要謝謝你。我會珍惜這個的。」

其實我早就發現稍早老爸已經因為很在意我們，所以三不五時從廚房裡探出頭來又縮回去。不過我希望他可以不要這麼快來打擾我們。

「好啦，你得趕快回去了。」

「嗯。」

阿硯把歌詞卡收進錄音帶盒裡，點點頭。

「真的很感謝，我從來沒有在聖誕節遇過什麼特別的事情，所以一直覺得聖誕節到底有哪裡好啊？不過我現在好像有點懂了。我想這一定是託了妳的福，謝謝妳。」

阿硯端正姿勢敬了個禮。

「哎喲……你太誇張啦。好啦，路上小心。」

我推著阿硯一起走到店外。

「唔哇，才一下子雪又積了這麼高……」

周遭一片雪白，清楚留下三不五時有人走過的腳印。正好此時有輛貨運小卡車從我們旁邊經過，車道上立刻出現兩道輪胎痕跡。

「小心別滑倒囉，摔倒的話蛋糕會變形。」

「嗯，我會小心的。對了，像這種積雪的時候，最好不要踩白線或者下水溝蓋，因為會比柏油路還要滑。」

這種時候還在冷知識！雖然我很想吐槽，不過還是沒這麼說。

「那就晚安囉。」

阿硯打起傘。

「不是晚安，要說聖誕快樂啦。一年裡就只有今天可以說耶。」

阿硯點頭回應我的小小笑聲。

「妳知道的真多……那麼，聖誕快樂。」
「聖誕快樂。」
我一直凝視著他遠去的背影直到看不見。

「良子、良子啊，喂。」
聽見阿硯聲音，我猛然驚醒，看來不知何時我睡著了。
「這邊是哪裡？」
阿硯說出了終點站的名稱。
「咦？什麼時候到的？」
「剛到啊。」
「唔哇。抱歉，我睡著了。」
我連忙要起身。
「不用那麼慌張沒關係啦。」
阿硯把我的波士頓包從行李架上取下，放在自己原先的座位上。我確認書籤還在書裡面，把放在腿上的文庫本收進包包裡。
我才起身，阿硯便要幫我套上外套。他以前比我矮很多，但在國二那年的夏天就超過我，現在比我高了一個頭。

我老實說著「謝謝」，讓他幫我把外套套上。這要是別人做得不順手，看起來會非常詭異，不過阿硯在大學畢業後回到四寶堂之前，是在一間老牌飯店工作，所以很有那麼一回事。

「嗯，話說回來我們運氣不錯呢。雖然晚了兩個小時，但總算是抵達終點了。聽說後面那班火車在進山洞前動彈不得，要一直等到早上，再後面一班車就直接停駛了。果然那個時間就出發是正確的。」

「喔——這樣啊……」

我一邊圍起了圍巾，隨口回應著。從窗戶看見的街道一片雪白，東京肯定也是能名列紀錄的大雪。

「回去之後大概得至少把附近走道的雪鏟一鏟吧，要是就這樣一直下到早上，明天可就糟了。」

像是追上我的視線，阿硯也看向外頭喃喃說著。

「哎，真是的，要是可以規定下雪的話，全部地方都可以放假就好了呢……」

阿硯大嘆一口氣，又笑著說：「畢竟我們不是哈梅哈梅哈大王的小孩[7]呢……」

原先要轉乘的車子由於末班車已經走了，我們無可奈何，只能走到計程車等候區。

或許是因為跑長途的客運還能開，所以計程車等候區的隊伍並不長，大概五分鐘左右就搭上車了。

才坐下，阿硯馬上告知地址。司機先生似乎是個老手了，不管是頭頂上還是大鬍子都是一片白色。他穿著接近胭脂色的紅色毛衣，看起來就好像聖誕老人。

「安全帶繫了嗎？那就出發囉。」

可能車子輪胎已經綁了雪鏈，跟平常搭車坐起來的感覺不太一樣，不過司機開車非常穩重，感覺就好像在雪原上奔走的雪橇。

皇居護城河的石牆也被雪花妝點，遠遠看過去，那些大樓的氣氛也與平常完全不同。與其說是回到東京，我總覺得更像是走進了不知名的街道。

就在我沉浸於這種浪漫氣氛當中，旁邊的阿硯開始窸窸窣窣地翻找起腿上的包包。是在找口香糖還是糖果之類的嗎？正想抱怨「真是的！有夠破壞氣氛！」的時候，他卻遞了個東西過來。

「來，這個，其實本來是想吃完晚飯之後給妳的……」

「咦？」

7. 日本童謠〈南島的哈梅哈梅哈大王〉，歌詞當中描述大王的孩子不喜歡學校，所以下雨就會自己放假。

打開車裡的電燈，那是個綁上緞帶的細長盒子。

「雖然早了點，不過這是聖誕禮物。」

拆開緞帶打開盒子，裡面躺著我想要的百利金鋼筆M400，筆夾一旁刻有金色花體英文，寫著「K to R」。

而且鋼筆旁邊還放了對摺的小卡片，那張卡片有著蛋殼般的柔和色調，摸起來有些粗糙。沒錯，就跟書籤一樣，這肯定是阿硯親手做的東西。

一直以來非常謝謝妳。

今後也請多多指教。

硯

這毫無疑問是阿硯的字，而且在我眼裡越來越模糊。

我想說點什麼，卻不知道該說什麼。光是把「謝謝」說出口就花費了我好大力氣。

正好車子因為紅燈停下，忽然車內一片寂靜。

「不客氣。」

我一邊聽著阿硯的聲音，用手帕壓著眼睛。

「……真是的，太過分了，幹嘛這樣嚇我。」
「是嗎？那這個驚喜就是大成功囉。」
我用手肘戳著笑出聲的阿硯。
「哎唷，真是的……真的很謝謝啦。」
「嗯。」
紅綠燈隨著阿硯的回應轉為綠色，在車子擋風玻璃外流過的雪瀑前方就是四寶堂。

「老闆娘，有包裹喔，我跟信件一起放在這裡。」
員工把東西都放在桌邊以後馬上就離開了，正在螢幕前確認數字之類東西的老闆娘拿掉老花眼鏡，輕輕嘆口氣。
「怎麼在嘆氣啊？」
員工前腳剛離開，後腳便走進來的老闆一邊拿下那剛燙過的白色帽子，一邊喊著老闆娘。
「還問怎麼……自從嫁到這裡來，永遠都有事情讓我想嘆氣，都變成一種習慣啦。」

當然我是不可能在客人面前做這種事情……至少在辦公室裡就別管我了吧。」

「好啦好啦。」

簡直是打草驚蛇，老闆連忙逃到大後方的沙發。

「真是的……」

老闆娘喃喃說著，拿起剛寄到的包裹。寄件人上寫的是「林田良子」。

打開包裹，裡面裝滿了烘焙點心，旁邊還有一封信。

前略

我是前幾天造訪的林田，當時真是非常感謝各位的照顧。雖然是意料之外的大雪，但畢竟已經使用了溫泉卻還取消住宿，實在是非常抱歉。

然而貴館依然幫我們處理車票、還送我們到車站，真的對我們非常親切，實在感激不盡。另外還幫我們準備了美味的便當，再次致上謝意。

託您們的福，我們也平安回到東京。途中雪開始變大的時候，我們也很擔心不知狀況會如何，但靠著貴館為我們準備的便當而能夠心平氣和地等待。真的是為各位細心的體貼致上最深的謝意。

和我一起造訪的人是我的老朋友了，我們一直維持著像是朋友又像是表姊弟那種奇妙的距離感。雖然我們兩個人第一次到遠方出遊，居然就遇上了天候變差，原先感嘆著真是運氣不好，但結果上來說最後還是覺得是一趟好旅行。

今後我也不會焦急，希望能夠慢慢縮短與他的距離。

下次一定要兩個人一起好好悠哉享用有著「日本第一早餐」盛名的早餐。屆時還請多多指教。

原先應該親自前往問候，事有緊急先以文書告知，還請見諒。

敬上

附註　包裹裡的東西是我家做的，還請笑納。

信箋和信封都是非常高級的和紙，左下角都有小小的「四寶堂」商標。用鋼筆寫的文字非常工整，使用的墨水是能讓人感覺沉穩的美麗藍色。

「欸，我想把這個當成點心，喝咖啡好嗎？」

老闆娘略略起身往後頭的沙發喊著。

「我都可以啦。」

「真是的，你偶爾也自己想到，然後向我提議啊。不過，哎呀，今天人家送了小點心來，還是該配咖啡吧。」

老闆娘按下電水壺的開關，準備起咖啡。

「欸，先前不是有天下大雪嗎？你記不記得那兩位慌張回去東京的客人？」

「啊，嗯，的確有。」

看著報紙的老闆連頭都沒抬。

「那個客人送了盒點心過來，還附了信呢。」

老闆娘將點心盒和信紙遞了過去，老闆則把報紙疊起，接過東西。

「喔？以現在的年輕人來說，還真是難得這麼有心呢。」

老闆從信封裡拿出便箋，大致上看完內容以後，又盯著點心盒瞧。

「這餅乾感覺頗為精緻，不過沒聽過托腮這間店呢。」

老闆拿起點心一旁的店名卡繼續說著：「好像是在銀座。」

「是嗎？不過看起來很好吃呢。」

「是啊，我看看。」

老闆捏起一個圓形點心。

「嗯，好吃。是那種令人懷念的味道呢，該怎麼說？就只有麵粉、砂糖還有雞蛋跟奶油做的純樸味道吧。但是材料都精挑細選，只用品質良好的東西。」

「只用良好的東西啊……送這東西的人叫做良子呢。」

「啊？是喔，哎呀，挺偶然的嘛。」

見老闆回應如此漫不經心，老闆娘一臉無奈地搖搖頭。

「她真的是非常適合良子這個名字的女孩呢……不過對方似乎相當遲鈍……跟某個人很像。」

「嗯？妳有說什麼嗎？」

「嗯，沒有啦。拿去，咖啡。」

老闆娘將杯子放在老闆面前，把攤開在旁邊的便箋收進信封裡，然後對著寄件人的名字小小聲說著。

「加油。」

〈色鉛筆〉

「我已經拜讀過劇本，準備了幾款設計方案。」

在我動手點出平板裡面的草圖時，口譯正在幫我翻成日文。眼前的導演在日本是非常知名的人物，口譯使用了相當具敬意的詞句。其實我根本沒有那麼客氣在講話啊……心裡雖然這麼想，但是沒有把話說出口。

導演默默接過我遞出的平板，開始瀏覽上面的東西。他半個字的感想都沒說，就只是慢慢把畫面滑過去、確認設計圖面。

這次的作品是要把在全世界大賣的動畫改編成舞臺劇，雖然還沒有公布任何演員，但已經相當受到大眾的矚目。我是專門提供舞臺裝置和美術布景的創作型工作室初創成員之一，日前接下了這個作品的藝術總監一職。這次來日本的目的，就是要和導演討論今後的推動模式和方向性。

「嗯——」

導演看完以後，瞄了我一眼才開口。

「還不壞。」

口譯馬上就用英文說出：「我覺得不錯。」

我下意識地回嘴。

「既然說『不壞』，那就是也不怎麼好的意思嗎？」

「……你懂日文嗎？」

導演低沉地回應，我連忙對慌了手腳的口譯說：「抱歉，真的很對不起，請讓我直接對談。」然後繼續說下去。

「我的母親是日本人，而且我小學以前都住在日本。」

「……這樣啊。」

「當然如果是過於深入的話題，或者是有關合約的細節內容很可能就會有點麻煩，不過如果只是討論好或壞、喜歡或不喜歡這類事情的程度是沒有問題的。還請務必老實告訴我您的感想。」

導演盯著我看，大大點了頭。

「我知道了，這樣比較好，我也不喜歡溝通起來很麻煩。我說不壞就是那個意思，真的就是『不壞』，也就是說沒有到很糟糕、或者是根本上不了檯面之類的。該怎麼說，就是……」

「沒有驚奇感，或者說不有趣嗎？」

導演「喔？」了一聲。「既然你也明白，我希望你能再多努力一點。」

我端坐好之後翻開手邊的報告書封面。

「我明白了，那麼我也可以問一件事情嗎？」

「請說。」

一旁的日本人工作人員明顯倒抽了一口氣，看來在他們的世界裡不被允許問這個導演問題。

「有需要忠實呈現原作動畫到什麼程度呢？」

導演原本就是負責動畫版腳本和角色設計的總負責人，因此在我們工作室內也曾經討論過，到底可以脫離他原先獨特的世界觀到什麼程度。

「完全不需要在意這件事，我希望你們能只用我寫的企劃書和劇本由零做起。……說起來在舞臺上搬演跟動畫完全一樣的東西，根本就沒有任何意義。就算作為基礎的主題相同，我也認為動畫就要有動畫的呈現，而舞臺就應該有舞臺的呈現。」

周遭騷動了起來。

「我明白了，我會重新思考。」

導演深表贊同地點頭，又繼續說下去。

「只有一點。我希望你們能重視顏色。不要是可以指定出色票幾號那種隨處可見的顏色，希望色彩能夠更加豐富。對了，就是希望讓整個故事變成字面上的五彩繽紛。」

「挺困難的呢。」

「對於領過好幾次東尼獎的戴維斯先生來說，應該是小事一件吧？」

我輕輕搖了搖頭。

「舞臺裝置和美術布景是一大群人一起打造的，除了我工作室的成員以外，也必須要有外部的工作坊和設計公司等單位協助。工作人員越多，沒有換成具體數值的指示就很容易發生失誤。」

「這在動畫製作上也是一樣的。我也是使用最新的數位技術來製作，所以非常能夠理解在與工作人員和專業技術人員溝通的時候，避免曖昧表達有多麼重要。因此我不會叫你跟大家溝通的時候不能使用色票號碼，只是想說，如果只是照色票號碼的顏色像拼圖那樣把布景組起來，我會覺得很不妥。」

倒也不是不能理解對方的意思。

「謹記在心。」

導演似乎對我的回覆很滿意，用力點點頭。

「下星期同一時間再見一次面吧。」

話說得很客氣，但這意思就是叫我一星期內要改好。真的是很久沒被這樣對待了，簡直就像回到我還默默無名的時代，但與其說是生氣，不如說這讓我更充滿幹勁。

「我會盡最大努力。」

導演站了起來，伸出手說：「我非常期待。」雖然覺得這時候他要是不和我握手，默默行個禮就離開房間的話可就帥氣了。不過我只想在心裡，握住了他的手。

隨著導演離開，跟著他的一堆人也全都消失。我對著孤零零被留下來的口譯道歉。

「真是抱歉我擅自用日文跟對方交談。」

「不……我也非常抱歉，是我做得不夠好。」

我搖了搖頭。

「我想應該不是那樣。不是英文能力的問題，而是妳對導演的看法造成了阻礙，應該是這樣吧？」

「……我從他出道的時候就追在他的身後。一直想著希望有一天能跟他一起工作，一起創作作品，拚了命地好不容易進了他的公司。但我又不會畫畫，也想不出故事。想說如果是英文的話，我至少還能幫忙翻譯吧，所以才自願做這個工作，但果然還是能力不足。實在應該要委託外面的專業人士才對。」

「既然是為了他的話，還請考慮把話都直接翻譯出來，不要害怕。過於拿捏力道的意譯會造成誤解。」

她重重點頭。

「所以下星期開會還請務必參與。請來幫助我們，拜託了。」

「讓我來沒問題嗎？」

「我需要妳的幫助。當然了，我多少能說一點日文。但我自己其實也已經幾十年沒有踏上日本的土地，很多事情我不明白，所以請妳一定要幫助我。我想妳在幫助我的同時，一定也能夠幫上他的忙。」

「好的……」

「喔對了，雖然有點臨時……」

我從包包裡拿出一個東西。

「妳知道這個貼紙寫的店家在哪裡嗎？」

第二天，我前往口譯員幫我在地圖APP上面標記的地點。

「那邊好像有個最近已經不太常見的圓筒形郵筒，郵筒後面的古老建築，是一間叫『四寶堂』的店家。」

那紅色郵筒確實彷彿混進了柳樹大道裡的迷路孩子，就矗立在那兒。以功能性來說，或許是新型的方形郵筒比較好，但以惹人喜愛的程度來說，大概沒有其他設計能夠勝過這款吧。材質似乎是鑄鐵，或許是為了防鏽而經常重新上色，它的朱紅色簡直耀眼炫目。

「嗨，你好啊。」

總有種在路邊忽然遇到了老朋友的感覺，我忍不住摸了摸郵筒頭。這種粗糙的質感讓我直覺想到以前曾經來過這裡。

回過頭去有少少幾階石梯，再往前是玻璃門。在那擦拭得亮晶晶到幾乎讓人眼花看成鏡子的玻璃正中間，用金色寫著「四寶堂」。我略略深呼吸，調整自己的氣息，走上石梯，推開玻璃門。

進了店裡，涼爽的空氣迎面而來。雖然離真正的夏季還有一段時間，不過這對於在外面稍微走了一會兒而冒汗的身體來說實在舒適。然而冷氣絕對沒有太強，是一種彷彿有風由清流之上吹過來的宜人感。抬頭看看天花板，一個巨大羽翼的吊扇緩慢旋轉著。

走了幾步忽然被包裹在雪松的香氣當中，不對，這大概是薰香吧？是種令人懷念的氣味。

外觀看起來是相當厚重的石造建築，裡面卻是類似灰泥風格的潔白牆面，令人印象深刻。面向馬路的大窗戶射進了陽光，給人一種明亮而輕鬆的氣氛。地板看起來有打蠟仔細擦拭過，彷彿能樂舞臺般綻放著柔和的光芒。以許多木材組成的商品架上，各式各樣的文具雖然各有特色，卻又在這整個空間當中顯得非常調和，這可不是看上去那麼簡單能做到。

「Welcome. Thank you for coming. May I help you?」

大概覺得我是外國來的觀光客吧，店家後方的店員對我說著英文。

「Yes, I'm looking for colored pencils.」

我從包包裡拿出了色鉛筆的盒子。

「哎呀，是三菱的色鉛筆，而且是非常早期的款式呢。」

我一個不小心就用了日文回應店員的自言自語。「喔是啊，畢竟是我從小學就在用的東西。」

話說出口我才想到「糟糕……」。明明我從美國出發前，朋友還特別交代如果日本人用英文跟我說話，我用日文回答的話，會大傷對方的自尊心，要多加小心的啊。

但是店員似乎沒有特別不高興，反而一臉不好意思地笑著敬禮。

「真抱歉我用了相當拙劣的英文向您搭話，實在非常失禮，還請您見諒。」

真是讓我傻眼。

「不不，完全沒有問題啊。說得非常流利而且發音也很好，你以前住在國外嗎？」

「不是的，只是以前曾經在飯店工作過一段日子……而且畢竟是這樣的店家，偶爾也會有國外的客人光臨，只能用兩三句招呼客人罷了。那麼如果方便的話，接下來可以繼續用日文嗎？」

他看起來相當年輕，我想應該是三十多歲快四十吧。如此彬彬有禮而謙虛的樣子，和我記得的那個人有些相似。

「當然。其實我的母親是日本人，而且我到小學為止都住在日本，所以我一開始學的也是日文。不過我在升上國中以前就去了美國，之後幾十年都沒來日本了，所以講話可能會有點老氣，或者是有不太對勁的地方。」

店員從口袋裡拿出名片。

「我是四寶堂文具店的店主寶田硯，還請多多指教。」

真驚訝，我一直想著他是店員，沒想到是店主。我也慌張地從外套口袋裡抽出一張名片。

「我是湯米．戴維斯，工作是舞臺劇和音樂劇的舞臺裝置與美術設計。」

寶田先生看著我的臉、又看了看名片，思考了一會才「啊！」了一聲。

「是擔任百老匯音樂劇《馬戲團》藝術總監的湯米．戴維斯先生嗎？咦、啊、那個，我有去觀劇，去年的公演。」

看來他看了去年的日本公演，很遺憾當時我因為正在處理其他作品，所以沒能自己過來一趟，不過劇場裡販賣的節目冊應該有附上我的照片和個人簡介。

「你看過劇了？」

「是的。音樂劇本身當然是非常棒，但舞臺布置實在是令我大為感動。光是燈光就能讓演員表情看來完全不同，雖然相當華美卻又非常夢幻。明明沒有什麼很誇張的舞臺轉換裝置啊，我真的非常驚訝。」

我忍不住笑了出來。

「能夠讓看過劇的人留下記憶，實在令人高興。不過這讓我得稍微反省一下呢，畢竟舞臺和服裝是要凸顯出故事本身的，比演員還要搶眼就不好了。」

「還真是困難呢……」寶田先生回應著，「但是我認為能夠將不同國家和地區聚集而來、擁有五花八門背景的演出者統整在一起，就是因為有那個模仿帳篷的布景作為象徵。」

說到這裡，寶田忽然「啊！」了一聲搔搔頭。

「……真是抱歉，機會難得我太興奮了，還請見諒。」

「不不，我沒什麼機會可以聽見看了劇的人親口述說感想呢。不過還真是難得，大部分的人應該會記得演員、導演還有劇作家的名字，應該很少人對美術工作人員感興趣吧。」

寶田先生有些不好意思地點點頭。

「我對於空間呈現非常有興趣。原本是因為想讓店裡陳列商品的樣子更好，所以到處觀察高級百貨公司和精品店之類的，後來興趣又擴大到車站、博物館、機場等等空間更大的展示。之後因為被老朋友帶去看舞臺劇，結果就受到舞臺裝置吸引，覺得實在有趣……」

感覺上似乎能夠了解這間店裡擺設經過精密計算的秘密了，果然這裡的裝潢反映出了店家老闆的個性。

「好了，先把我身為粉絲的興趣放在一邊，要請問戴維斯先生您身為顧客有什麼需求？」

寶田先生重新站直說著，剛才天真無邪的氣氛完全收起，恢復成文具店店主的表情。

「還有在賣跟這個一樣的東西嗎？有幾支已經太短了，我想買新的。」

「色鉛筆是嗎？」

寶田先生兩手接過我遞出的盒子，說了聲「請往這邊走」，就帶著我往後方的陳列區前進。

「色鉛筆在這邊。大部分的文具店應該都是整套一起賣，不過本店也有相當多零售的品項。」

陳列區上滿滿排列著各式各樣的色鉛筆。

「真是壯觀……」

「謝謝您。您手上的商品已經是頗為早期的款式，所以沒有完全相同的，不過最接近的應該是這款『色鉛筆880』系列。」

寶田先生以手掌比劃的那個商品架上有三十六色的款式，旁邊還有相同系列的色鉛筆，顏色數量則是兩倍之多。

「這也是三菱鉛筆的『UNI COLOR』系列，比880高階，共有一百色。順帶一提，本店另外還有套裝的『UNI WATER COLOR』系列，只要用沾了水的畫筆掃過就能夠呈現水彩的柔和畫風，還有『UNI EARTH COLOR』系列，是色鉛筆當中比較難得可以完全擦拭乾淨的款式。」

真是都非常有魅力，讓人想用用看。

「太棒了，覺得都想用用看呢。不過還是要先更換已經過短的色鉛筆。」

聽了我的話，寶田先生恭敬地說「好的」，然後打開鐵盒。蓋子內側角落貼著金色的小小貼紙，雖然印刷已經相當淡薄了，不過還是能勉強看出來上面寫的是「姓名加工・銀座　四寶堂」。

「看這個貼紙，應該是大概四十年到五十年前於本店購買的東西嗎？」

「是的，這是在我上小學的時候，祖父幫我準備的東西，所以我想應該是四十多年前了。」

寶田先生將鐵盒放在商品架旁，拿起變短的色鉛筆。

「紅色、黃色，還有綠色及藍色，這四個顏色就可以嗎？」

「嗯沒錯，對了，還是可以刻名字在上面嗎？」

寶田先生點頭表示沒問題。

「是的，當然沒問題。不過……姓名加工服務原先是提供給購買套組的客人，如果購買散裝筆的話必須酌收一些手續費，而且作業上需要一點時間，希望您不會太趕。」

寶田先生一臉歉意。因為很麻煩，所以坦然要求客人付錢而且等待就好了，難道在日本並不是這樣嗎？不，看來也不是如此。我想肯定是長期在銀座經營的老店才有的堅持吧。

「當然。我預定在日本滯留半個月左右，這樣時間夠嗎？」

「是的，姓名加工其實不會花費太多時間，只是敝店畢竟只有我一個人……白天實在無法安心作業。在今天關店之後我就會處理，明天以後就可以交給您了。」

「今天晚上就會加工嗎？」

我忍不住回問。

「是的，我會盡可能在客人下訂以後盡快處理好。」

「那麼我想拜託你，可以讓我參觀一下姓名加工的作業嗎？我非常喜歡看人家手工作業，使用什麼樣的工具和機械、有什麼步驟之類的……如果不會給你添麻煩，我在關店時間再過來，可以嗎？」

寶田先生似乎覺得有些困擾，但想了一會兒後點點頭。

「這樣要麻煩您多跑一趟，不過若您方便的話，我沒有問題。但這不是什麼繁瑣的工作，我擔心您會覺得相當失望。」

「不會的。」

「我明白了，順帶一提，名字與原先相同使用金色的平假名就可以了嗎？」

寶田先生一邊詢問，同時拿起最不常使用的紫色色鉛筆。

「是的，請用『さはらとみお』（SAHARA TOMIO），我的日文名字是佐原富雄。」

就在寶田先生回答「我明白了」的時候，入口大門打開了。一回頭，看見走進店裡的是穿著潔白襯衫、戴著領結搭配緊身裙的美麗女性。

我正看傻了眼，女性走向我們，行個禮說「歡迎光臨」，她手上拿著藤製的籃子。

「歡迎光臨？」

我感到相當疑惑。

「哎呀，真是抱歉，我請附近的咖啡廳送了咖啡過來。良子，這位是戴維斯先生。我們去年不是有去看音樂劇《馬戲團》嗎？就是做那齣戲舞臺布景的人。」

「咦！真的嗎？」良子小姐立刻綻放出燦爛的笑容說著。

「初次見面您好，我叫林田良子。」

「我是湯米．戴維斯，真是美麗的小姐，妳是寶田先生的女朋友嗎？」

「啊、不、那個，她是我的青梅竹馬……就像是我的親戚。」

寶田先生用了「親戚」這種說法，可以看出他們的關係相當特別。

「原來如此……」

我略有深意地點點頭，良子小姐則害羞地低下頭去。

「啊對了，正好。良子啊，妳可以稍微幫我看一下店嗎？我想幫客人購買的色鉛筆做姓名加工。」

「好啊，反正我們那邊今天客人很少。」

良子小姐相當爽快地答應了。

「怎麼好意思給兩位添這麼大的麻煩……還請不要如此勉強，我晚上再過來。」

見我誠惶誠恐，良子小姐以美麗的微笑回應我。

「請您不要在意，我也是找藉口休息呢。」

寶田先生一臉同意地點點頭接過話。

「那麼我現在就帶您過去。作業的地方在地下室，啊，這個我就拿走囉。」

寶田先生接過良子小姐手上的籃子，以另一手為我比出前進方向。

跟在他後面走到店面盡頭有個往上的階梯，旁邊乍看之下像是牆壁的地方，有扇相當不顯眼的拉門。寶田先生在門把處一勾，沒發出半點聲音地把拉門打開一半。門在往地下室樓梯腳邊的燈或許是附有感應器吧，向下走的同時燈光也照亮樓梯。門在我穿過來以後就靜靜關上了，不知道是刻意做成有些傾斜呢？還是裝設了重物或者彈簧類的機關。

到了地下室，寶田先生打開電燈。也許因為是工作場所，ＬＥＤ燈將室內照得大放光明。這裡擺了一臺類似印刷機之類的東西，旁邊有工作檯、收藏鉛字的架子，還有看起來是存放庫存品之類的商品架。

「哇……」

我忍不住感嘆地吐了口氣。

「這些都是古老的印刷機……製造商已經結束營業，別說是修理了，就連維修都辦不到。」

我的視線停在角落的那臺機器。那是被稱為「手刷機」的小型活版印刷機，這種機器是用來印刷明信片或者名片這類被稱為「客製品」的小東西。

「那是手刷機吧？」

「是的，您真清楚。不久前我重新開始提供使用這臺機器印製名片的服務。」

「也可以請你印英文嗎？」

我忍不住馬上確認，用骨董活版印刷機印刷的名片這種東西，要是在美國下訂，價錢可是嚇死人的高。

「是的，當然可以。不過若是要印商標或者特殊記號之類的，會比較花時間和費用。畢竟得要先訂製模具呢，再怎麼說，現在能夠訂作新鉛字和模具的地方也相當有限，所以下訂之後難免會需要多等幾天。」

「原來如此……」

寶田先生相當仔細地回答我的問題，同時將牆壁旁那工作檯上蓋的桌布收摺起來。桌上出現了一臺類似燙印機的機器。

「是要用這臺來做姓名加工嗎？」

「是的，其實旁邊那臺新機器可以一次刻好一打筆，而且也不需要鉛字或模具，如果沒有特別指定的話，我就會用那臺。但是戴維斯先生您手上的商品是用這臺古老機械做的加工，我想說還是配合用同一臺會比較好。」

寶田先生將工作檯附近的兩張椅子拉過來，請我在其中一張坐下，他自己也說了「不好意思」後便坐下。然後他打開機器的電源，開始從附屬的盒子裡面挑選像是鉛字之類的東西。

「抱歉打擾你工作，但我可以問問題嗎？」

寶田先生看了我一眼後輕輕點頭。

「當然沒問題。我已經習慣這個工作，所以您跟我說話，我反而比較順手。」

「太好了……那麼我就不客氣了。我想問問為什麼一般的鉛筆筆身是六角形，但是色鉛筆卻是圓形的呢？當然一般鉛筆也是有圓形筆身，但那大多是印了卡通圖案之類的。我印象中色鉛筆就只有做成圓的。」

寶田先生將撿出來的六個鉛字裝在細長的金屬器具裡，同時點點頭。

「一般鉛筆大多做成六角形筆身，據說是因為這樣比較好拿。通常來說適合寫字的持筆方式是用拇指、食指和中指捏住筆，也就是因為要用三面支撐，所以把筆身做成三的倍數會比較好握住。然而做成三角形的話，每個角是六十度太尖銳，拿久了手會痛。如果增加為九角形或十二角形的話相當費工，也會提高製造成本，所以最後就固定做成六角形了。相對的色鉛筆通常會用來畫圖，所以持筆的方式五花八門，也因此為了配合各種拿筆方式，就採用圓形筆身。不過其實這點也是眾說紛紜，並不曉得實際原因為何。」

「原來如此，所以是根據人體工學來設計的囉。」

在我喃喃自語的時候，寶田先生又繼續說下去。

「也有人說是筆芯造成的影響。」

「筆芯嗎？」

「是的。鉛筆筆芯是用黑鉛和黏土混合之後，放進模具烘烤出來的，而這個烘烤步驟會讓筆芯變得堅硬、不容易折斷。但是色鉛筆因為考慮到會影響顯色，沒有使用黏土，也沒有經過烘烤，全部只用顏料、滑石、糨糊和蠟等材料攪拌凝固，所以和一般的鉛筆相比，色鉛筆的筆芯相當容易折斷。」

「喔……」

「也是因為這樣，一般鉛筆和色鉛筆的筆芯粗細差很多。」

寶田先生拿了一支他從商品陳列區拿來的全新色鉛筆，還有擺在工作檯上的鉛筆筆身並排在一起，讓我看清楚兩者的斷面。

「一般的鉛筆芯大概是直徑兩公厘左右，色鉛筆芯多半是三公厘到三點五公厘。」

雖然只差了一公厘，但是這個粗細差異可說是一目了然。

「所以也有一說是為了多少保護如此容易折斷的筆芯，才選擇周圍厚度均一覆蓋筆芯的圓形筆身。」

「原來是這樣，不過我還真沒發現筆芯不一樣粗呢。」

我忍不住感嘆。

「說起來近來技術大有進步，其實不像以前那麼容易折斷了，所以現在的色鉛筆可能只是習慣性地做成圓形筆身而已吧。」

寶田先生一邊說話的同時已經把機器調整好，大概是為了比對位置之類的，他從筆盒裡面拿出了紫色色鉛筆，和剛才裝了字的零件比對後小聲說著：「嗯，好。」之後他又從商品區拿來的四支色鉛筆裡取出了藍色裝在機器上，確定金色錫箔的狀況沒問題之後，用右手按下了類似把手東西。

「大概這樣子可以嗎？」

寶田先生把剛印好的藍色色鉛筆和原先的紫色色鉛筆一起遞給我。紫色色鉛筆的筆身已經渾身傷痕，那金色的名字雖然稍許褪色，不過顯然兩支不管是字體或者位置都一模一樣。

「……是的，這樣沒有問題。」

寶田先生鬆了口氣似的笑了出來，繼續幫剩下的三支加上名字。

「姓名加工這樣就做好了，需要幫您削好方便馬上使用嗎？」

「那就麻煩了。」

寶田先生點點頭，從工作檯的抽屜裡拿出了小小的工具。透明的壓克力圓筒兩端裝有應該是削鉛筆刀之類的鋁片零件，上面有能夠插進鉛筆的洞，鋼製的部分綻放出柔和光芒。

把紅色色鉛筆插進去轉了一圈，隨著相當俐落的咻一聲，壓克力筒中開出了康乃馨。不，那應該是被削下來的鉛筆屑，卻美得彷彿一件擺飾。

大概是發現我死盯著那東西看，寶田先生把削好的紅色色鉛筆放在工作檯上，將削鉛筆機遞給我。

「可以讓我用用看嗎？」

「請務必試試。這是削鉛筆機專業廠商中島重久堂的商品，除了他們公司自己廠牌的商品以外，也會幫國內外書寫工具公司代工承包製作商品。如果您喜歡的話，本店也有在販賣此款。還請務必試試。」

我試著把他遞給我的鉛筆插進去轉了一圈，看來裡面裝的刀片實在銳利，只是輕輕轉了一圈，鉛筆筆尖就變成漂亮的圓錐形。削下來的鉛筆屑也沒有斷裂，彷彿永無盡頭的螺旋梯。

手上爽快的感覺還沒膩，就全部都削好了。

「如果要一次削很多筆的話，那還是旋轉把手式或者電動式的比較方便，不過震動越大就會對鉛筆造成越大的負擔。尤其是如我剛才向您說明的，色鉛筆的筆芯相當容易斷裂，必須小心處理，因此我覺得使用這種手動削鉛筆器會比較好。」

「確實很棒，我得買一個。」

寶田先生回答我：「那麼稍後一起結帳。另外也還有更加小型而方便攜帶的款式，您可以依照用途來選擇。」同時接過我自己削好的那三支色鉛筆。

「對了，已經太短的筆您要如何處理呢？是要帶回去，或者交給本店送去做筆的祭奠呢？」

「筆的祭奠？」

寶田先生對於我的疑問點了點頭。

「是的，祭祀學問之神同時也是書法之神菅原道真的天滿宮等處，會舉辦這樣的祭奠。原先是祭拜已經完成任務的毛筆，最近已經擴大範圍，可以接收鉛筆和鋼筆之類的文具。」

「原來如此……實在相當有日本的風格呢。」

我從盒子裡拿出已經太短的四支色鉛筆，雖然我很珍惜著使用，但已經這麼短了實在沒有辦法，我又不忍心就這樣把它們丟進垃圾桶裡。

我雙手捧著它們交給寶田先生。

「請幫我拿去祭奠，拜託了。」

寶田先生低下頭說「好的，我明白了」，接過我的色鉛筆寶寶們。他又從工作檯附近一個櫃子裡拿出大概和面紙盒差不多大小的鐵盒，打開蓋子把筆放進去。我瞄了一眼，看見那鐵盒裡有過短的鉛筆、毛筆和鋼筆等，側面貼著一張紙，上頭應該是毛筆字吧？那有力的筆劃寫出「寄放品．筆祭奠」。

原先四支短色鉛筆拿走以後留下的空位，被寶田先生放上了新的色鉛筆。接著又像是在確認每一支筆的狀況，一支支拿出來、把寫有顏色名稱的地方都轉到正面來，如果有鈍了的筆就再削一下。他的動作非常纖細，就像是理容師在為客人做最後的修容那樣慎重。

「哎呀？」

寶田先生的手忽然停了下來。

「這是……」

我的嘴角上揚。

「您發現了嗎？」

寶田先生手上正拿著所謂的茶色，然後是淺橘色以及水藍色。那三支色鉛筆的顏色部分稍微模糊了些，被刻上了其他的顏色名稱。

「這個……是在本店做的加工嗎？」

我緩緩點點頭，又指了指盒蓋。

「你可以仔細看看蓋子裡面。」

「咦？真的耶……」

原先寫著顏色名字的文字被用金屬色的顏料塗掉，以類似的字體改寫成新的文字。當初進行加工時因為是一番大改造所以頗為醒目，不過幾十年來已經逐漸變得不仔細瞧就不會發現的樣貌。

寶田先生望著盒蓋和色鉛筆好一會兒，輕輕嘆了口氣。

「看這個加工痕跡，我想應該是祖父做的吧……雖然我常因為多管閒事而讓周遭的人有些看不下去，不過看來我還完全比不上祖父呢。方便的話，可以請您告訴我這件事情的前因後果嗎？」

他的語氣和剛才身為店主那種殷勤有著些許不同。

「喔，當然。那個，你的祖父……」

寶田先生輕輕搖搖頭。

「幾年前已經過世。」

「這樣啊……要是我能早點來就好了。」

我也忍不住大大嘆了口氣，寶田先生則溫暖地安慰我說：「您想來見他，他就會很開心的。」

之後他打開了從一樓拿來的那個籃子，由裡頭拿出杯子後，再從保溫瓶倒出冰咖啡。

「這咖啡的口味相當清爽卻帶有深度，所以我會推薦您不要加糖和奶。我請店家在冰箱冰鎮過後才送來，所以也不用加冰塊。」

既然他都這麼說了，我接過來就直接喝了一口。確實完全沒有雜味而且非常順口，但是那穿過鼻腔的香氣卻又是如此明確告知自己的存在。

「那麼我就來聊聊過去的事情吧。」

我潤了潤喉嚨，跨起腿來。

大約是尼克森就任美國總統的時候，我在日本出生了。我的父親是美國軍官，工作是在越戰的大後方支援，也為此而來到日本。他在美國已經結婚有了家庭，卻和擔任口譯員一起工作的母親成為情侶，最後生下我。

幾個月後，父親在日本的工作結束，只留下「我一定會來接你們，在那之前請等著我」，就回到美國去了。媽媽抱著還在襁褓中的我到獨居的外公那裡求助。

外婆很早就過世了，外公自己一個男人把母親拉拔長大，看見女兒抱著和美國人生的孩子回來，不知道他心中是怎麼想的呢？我想多半是糾葛萬分吧。我很久以後才知道，外公有收到召集令並且真的被送上戰場。他是從戰爭末期戰情激烈的地方奇蹟生還的人，因此肯定經歷過敵人呼吸近在耳邊那種嚴苛戰鬥。

在我和母親去依靠外公的時候，他經營的是一間小小的律師事務所，負責幫附近的工廠等地方申請專利或者實用技術權利的手續等。幸好戰爭前買的小房子沒有被燒掉，所以要住哪裡是不擔心，但肯定沒有多餘的錢可以照顧我們母子倆。

在我三歲的時候，母親就將我託給在家工作的外公，自己去上班了。雖然我好像是被硬塞給外公，想必他也很無可奈何，不過他還是非常看顧我，真的是受了他很多照顧。話雖如此，他也不是一直跟在我身邊疼愛我，頂多就是會把寫壞的文件紙張和鉛筆給我說「你可以拿去畫畫」。如果我畫了些什麼，他就會感嘆地說「喔，富雄挺會畫畫的呢」，總是誇獎我。外公的稱讚讓我十分開心，所以我就這樣一張又一張畫下去。那個時候我就喜歡畫畫了，不過我想肯定是因為這樣外公會誇我，讓我覺得很高興。

說「一定會來接你們」就回到美國去的父親，始終沒有現身。一回神才發現我都該上小學了。

為了入學，外公幫我準備了書包和鉛筆盒等東西，當中有二十四色套組的色鉛筆。在那之前，我一直都是用外公已經用不到的短鉛筆來畫畫，從來沒有上過色。

「我可以用這個嗎？」

外公用力點點頭。

「當然了啊，這可是為了你而準備的。我可是去日本第一的城市銀座，拜託那裡的老文具店，一支一支幫你刻上名字呢。」

外公遞給我的紅色色鉛筆上閃爍著金色的「さはら とみお」（SAHARA TOMIO）。雖然我那時候還不太會認字，不過至少能理解這是自己的名字，而且也非常清楚這絕對是對於一個小孩子來說相當貴重的東西。

「就是這一盒嗎？」

我默默點點頭。寶田先生從放在我們兩人間的筆盒裡拿出大概少了一半長度的綠色，還有剛剛才刻上名字的紅色色鉛筆。

「上一代店主非常擅長這類加工，他有留一些作業用的樣品下來，但我就是沒辦法做到一樣好。六角形筆身是平面的比較簡單，不過圓形筆身就得要刻在曲面上，所以力道強弱控制非常困難。如果太用力，中心部分就很容易壓壞；力道太弱的話，邊緣就沒辦法確實刻印。今天的做工如果他看見的話，都還不知道願不願意給出『嗯，勉強算是合格吧』這種評價呢。」

在我眼裡實在看不出來兩者有何差距。

「在鉛筆上面刻姓名這個服務，大概在五十年前左右頗為流行，您周遭的朋友是不是也有類似的東西呢？」

我稍微想了想。

「抱歉，我想應該就跟寶田先生你說的一樣。不過雖然我的確有同班同學，但沒有一個人能稱得上算是朋友的。」

寶田先生的表情沉了下來。

「畢竟我的臉看起來就是外國人。現在不知道情況如何，但至少五十年前的日本還在昭和時代呢。」

幼稚園是外公找到的，那是有些距離、由教會經營的地方。那裡有英國人老師，也有外國人學生會去上課，所以比較沒有人用怪異的眼光看我。當然也可能是那時候我還太小，根本就不懂。

就在我幼稚園畢業、第二年要上小學那時，外公和母親好幾次爭論到三更半夜。我很久以後才聽母親說，外公極力勸說希望讓我跟幼稚園時一樣，前往國際學校或者是對於國際教育比較熱中的私立學校。

但是母親始終深信父親會來接我們，總是說：「等他來接我們的時候，我們馬上就要去美國了。也不知道什麼時候會要休學，不能讓他去念學費那麼貴的學校。」就是不肯聽勸。因為這樣，我就進了當地的公立小學。

我在那間學校裡被取了個綽號叫做「桑波」。

「桑波？」

寶田先生拔高了聲音。

「是啊，你知道嗎？這是以前每個圖書館都有的繪本……」

我拿出手機，展示的是一張繪本封面，圖上是一個黑人男孩在大紅色背景前撐著綠色的傘，他正被四頭老虎包圍。

「哎呀，原來是這個。我記得是因為被認定為有助長歧視的內容所以絕版的作品，不過後來還是有其他出版社重新出版的樣子。」

寶田先生看著手機畫面說。

「原來如此……是這樣啊。我記得老虎拚命繞著椰子樹轉圈圈結果變成奶油，還有最後吃著小山高的鬆餅之類的，感覺還滿有趣的啊。不過這也是現在才能輕鬆說出口，當時我非常討厭這部作品。」

寶田先生嘆了口氣。

「您那時過得很不好吧……」

「已經是很久以前的事情了。」

「喂，桑波，你早餐吃鬆餅嗎？」

附近以欺負人出名的小孩，幾乎每天都來找我麻煩。尤其小學四年級時跟他同班，情況更加嚴重。

「桑波，你那刺刺頭是去燙的嗎？」

「你曬得挺嚴重的嘛？要不要幫你塗防曬油啊？」

他帶著三個小嘍囉圍繞在我身邊轉啊轉，老是說我的壞話、踢飛我的書包、硬是拉我的便當袋等等，就這樣在我到學校之前一路都在鬧我。雖然我在心裡想著：「你們最好一直這樣繞下去，然後變成奶油啦！」但情況沒有任何改變。

大約那時起我的身體猛然抽高，健康檢查的時候也得到了鶴立雞群的數字。我想要是真打起架來，我是不會輸給那些欺負人的孩子，但我實在是不喜歡暴力。所以不管發生什麼事情我都忍耐著，回到家獨自哭泣。我有好幾次都想跟外公或母親商量，但知道我講了只會讓他們更擔心，所以實在說不出口。就只能獨自吸著鼻涕畫些漫畫角色之類的讓自己分心。

這種時候，外公總會拿來紅茶或者熱可可說「很燙，小心點喝」，然後放下杯子，沒有多說什麼就離開。在他走出房間以前我幾次想要開口，結果都還是保持沉默。

就是四年級那時，某天發生了一件事情。是我們校外教學去工廠參觀的時候，參觀完工廠，我們借了會議室填寫「學習單」。表上有一欄是讓我們畫正在參觀的自己。

「喂，桑波，你要好好把自己的臉塗黑啊。」

擅長畫畫的我正用色鉛筆仔細描繪，那欺負人的孩子走到我的旁邊。我不理會他繼續畫下去，結果他從我打開的色鉛筆盒裡面拎起了一支。

「你根本不需要這個『膚色』吧？」

他說著就把色鉛筆丟到地板上打算踩爛。

「不要這樣。」

我猛然從椅子上下來，將手伸向色鉛筆並且揮開他的腳。他失去平衡倒下，大概是因為手臂轉了個奇怪的方向結果撞到，那欺負人的孩子抱著一隻手大哭了起來。

那天大家放學後，我被留在校長室裡，等著監護人前來。母親因為工作的關係無法馬上趕來，所以是外公來了。

他一進校長室，馬上問我：「你沒事吧？」我默默點點頭，訓導主任便開了口。

「對方和富雄同學似乎有不少糾紛……今天對方提到富雄同學的膚色，還拿色鉛筆來刁難。不過再怎麼說今天都是富雄同學先出手的，無論事情如何開始，先出手讓對方受傷畢竟還是……我會告訴你們對方的地址，請帶著富雄同學去道歉。」

外公沒有回答，而是盯著我看。

「富雄，老師說的是真的嗎？」

我用力搖搖頭，說出是他拿走我的色鉛筆又想要踩，所以我只是揮開他的腳而已。

「這孩子是這麼說的，我不認為是我孫子的錯。對方刻意刁難，我孫子只是想阻止他而已，我不懂為什麼是這孩子要道歉。」

「但是……」

訓導老師一臉困惑地和校長及班級導師對看。

「請你告訴對方，我們家的富雄一直都很乖巧地忍耐，但不代表就可以對他做任何事情。如果想要抱怨的話就到我那裡去，我不會逃走也不會躲起來。」

我第一次看見總是相當溫和也不太說話的外公語氣竟然如此強烈。

回家路上，外公沒有說半句話，他只是一直緊緊握著我的手，小小聲吹著口哨。那聲音斷斷續續又破碎，有時候好像還會走音，所以我不知道是什麼曲子。

那天晚上，由於母親工作會很晚回來，是外公幫我準備晚餐。那天是我喜歡的炸豬排。若沒有什麼特別的事情，炸豬排做起來很麻煩，所以不常出現在餐桌上，那天肯定是為了安慰我而特別準備的吧。

一邊穿梭在廚房和小矮桌間，外公拿了剛炸好的豬排給我吃。好不容易告一段落，外公終於在自己的座位上坐下，拿起筷子，夾起一塊炸豬排凝視了一會兒忽然說道。

「哎呀，炸得很漂亮的豬排通常都說是『狐狸色』對吧？這是為什麼啊？」

這突如其來的問題讓我忍不住笑了出來。

「為什麼？這種事情我怎麼會知道啊。」

「欸，也是……」

外公咬了一口豬排笑了出來：「嗯，好吃，但又不是所有狐狸都長這個顏色啊……啊！是不是因為跟炸豆皮的顏色很像，所以才叫狐狸色[8]？」

我隨口回著：「天曉得？」然後從我丟在客廳的書包裡拿出了色鉛筆，在空白本子上畫了炸豬排。茶色、黃色還有紅色等，深淺有致重疊塗抹以後，畫出了一塊感覺很好吃的豬排。

「你真的很會畫畫呢。」

8. 日本神道信仰中認為狐狸神（稻荷神）喜歡吃炸豆皮。

外公像平常一樣誇獎我，真開心。

「色鉛筆有『狐狸色』嗎……」

我放下色鉛筆，重新拿起筷子把剩下的炸豬排吃掉。

「不知道耶……不過顏色的名字這種東西，應該大部分都是因為從以前就這樣稱呼吧，就是一種習慣而已。我想『膚色』應該也是吧，所以……不用太在意那些笨蛋故意鬧你啦。」

外公的話讓我忍不住回嘴。

「因為外公是普通人，所以才能講那種話啦。」

「普通人……普通又是什麼呢？是誰決定的呢？我個人覺得這個詞彙是把自己不太理解的事情，維持在一種曖昧狀態呢。」

感覺他是在用些很困難的話語來把話題拉遠，讓人有點生氣。

「你也要為我想想啊……早知道會這樣，我不要出生就好了。」

外公放下手上的筷子端正坐好，凝視著我。

「也許我是講了很難理解的事情，或許我也的確沒辦法好好理解富雄你到底過得有多麼痛苦，所以你為此生氣也沒關係。如果你覺得不高興，那我可以道歉，真的很對不起。但是不可以說什麼早知道就不要出生了，為了你自己，你也應該收回那句話。」

外公的聲音非常強硬，我根本無法回話，眼淚就撲簌簌掉下來。一抬起臉才發現外公的臉頰上也都是淚水。

「人只要活著，或許就會有痛苦的時候，但是無論有多麼難過，都不可以說什麼早知道就不要出生了。有很多人想活下去卻辦不到，千萬不要忘記這點。」

外公說這句話的聲音相當沉穩，卻讓人銘記在心。

「對不起……」

「你懂就好了。」

之後我們兩人沉默了好一會兒，接著外公似乎想到了什麼。

過了一會兒，外公從攤開在榻榻米上的盒子裡拿出色鉛筆。

「雖然這是我買給你的……不過這樣仔細一看，還真多奇奇怪怪的顏色名稱呢。」

聽外公這麼說，我用手背擦掉眼淚。

「嗯，我也這麼想。為什麼會是『水藍色』呢？水是透明的啊。」

「也是呢。『茶色』也很奇怪吧？茶明明是黃色的啊，茶葉是綠色。」

「如果是『麥茶色』還可以理解呢。」

「的確是……」

外公把色鉛筆一支支拿出來看，搖了搖頭。

「嗯，不管是哪個顏色的名字，都是以前的人說『這個顏色就這樣稱呼』所以才開始的，我想應該就只是那些名字保留到了現在吧。」

「是、這樣嗎……」

看我一臉狐疑，外公說：「好，明天一起出門吧。」

「咦？可是明天要上學……」

面對我如此驚訝，外公還是用力點點頭。

「那種讓人生氣的學校，哪有笨蛋會蠢到那麼認真去上啊。休息啦休息。」

外公會口吐什麼蠢字更讓我驚訝。

「真的嗎？會不會被媽罵啊？」

「沒問題，我會說服她。交給我！」

外公誇張地拍著自己的胸膛，氣勢十足吃起了剩下的豬排。

「您的外公實在是非常棒的人呢。」

寶田先生浮現了柔和的笑容，就和幾十年前我看到的那個笑容非常相似。

第二天，我和外公一起出門。要出去的時候，外公幾乎是自顧自對母親說著：「今天讓富雄休假，妳跟學校說一聲。」然後又再次叮嚀我：「色鉛筆有帶吧？」

我們換了好幾班車，中午前在一個很大的車站下了車。

「這是哪裡？」

外公緩緩回答了我的問題。

「是銀座唷。」

之後我和外公應該是有到處走走看看，但我實在不記得細節了。清楚在回憶中的只有小小展示櫥窗裡有Z軌的精巧動態模型[9]，上面有蒸氣火車在跑，還有午餐是義大利肉醬麵和冰淇淋蘇打。

吃完午餐以後，外公喃喃說著：「好啦，時間應該差不多了吧。」

「差不多什麼？」

「嗯？嗯，去了就知道。」

外公輕聲笑著，踏步走出。

從大馬路往小巷子裡鑽，拐了幾次彎以後看見的是大紅色的郵筒。那時候圓筒形的

9. 火車模型分為Z軌與N軌，N軌為實際車輛的 1/150 大小，車子大約為十一至十五公分左右，軌道寬度為九公厘，因此取九的英文「nine」為N。Z軌則為 1/220 大小，軌道寬度為六．五公厘。

郵筒就不多了，我靠過去拍了拍郵筒頭。

「這邊喔。」

聽見外公的聲音，回頭看見他正推開一扇玻璃門。

「您先前來過啊。」

寶田先生驚訝地瞪大了眼。

「是啊，不過也就那一次而已，所以實在不記得地點。」

「原來是這樣……」

寶田先生似乎感慨萬千。

「看見你彬彬有禮問候的時候，我真的一瞬間有回到過去的感覺。我想當時他的年紀應該比現在的你稍長一些，不過該說是身影還是舉止呢？真的非常相似。那位店主真的對我很好。」

「這樣啊……」

一進到店裡，外公便一臉熟門熟路地向店主打招呼：「嗨。」

「歡迎光臨，佐原先生。您今天帶了人一起過來嗎？」

「啊、嗯，沒錯，這是我的孫子富雄。富雄，跟人家打招呼，他是這裡的店主寶田硯水先生。」

「……您好。」

怕生的我好不容易才擠出一句問候語。

「您好。我是文具店四寶堂的店主寶田硯水，還請務必與您外公一樣多多光顧本店。」是相當有禮的問候。先前都沒有大人會對我這樣的小孩如此禮數周到，我真的是嚇了一大跳。

「話說回來佐原先生，您今天是帶孫子來銀座散心的嗎？不過今天是平日，學校那邊沒問題嗎？」

我想他應該真的和外公往來很久了，所以才能如此率直地詢問。外公讓我拿出色鉛筆給店主看，然後說起了昨天發生的事情。

「事情就是這樣，我也覺得這孩子說的沒錯。畢竟這東西是在四寶堂買的，所以希望你能跟色鉛筆的公司說一聲。」

就連還只是個小學生的我都會覺得，這種事情跟文具店的人講也沒用吧，店主一定會覺得很困擾的啊。但是他絲毫沒露出那種樣子，反而若有所思地點了頭。

「原來是這麼一回事……佐原先生和富雄同學說的很有道理，我明白了，我會轉告他們的。……不過顏色名稱有點像是業界習慣了，要馬上變更或許不是那麼容易。」

「欸，應該也是啦……」外公點頭回應。「沒關係，我也只是死馬當活馬醫過來說一聲的。當然我原先也想過直接寫信給製造商或者打電話給客服窗口之類的，不過像我這樣一介小市民的抱怨，還不如請大販賣商四寶堂去說說可能會比較有效果。」

「以我這邊的銷售量，能否抬頭挺胸說是大販賣商很難說……不過至少我的確從鉛筆廠創業的時候就和他們有往來，所以我會先告知負責本店的業務員這件事情。」

「嗯，拜託囉。」

雖然這感覺有點誇張，不過外公特地來一趟銀座，就為了拜託文具店這件事情，讓我這個孩子實在高興得很。

店主似乎在筆記些什麼，忽然停下手邊的動作。

「雖然我會先跟他們提這件事情，不過就像我剛才說的，要馬上變更或許有點困難。但我真的認為富雄同學說的沒錯。說起來這組色鉛筆是本店銷售，而且是我親手幫忙刻名字上去的東西，既然有此緣分，只能空等待感覺挺令人煩躁。」

「唔，是沒錯啦……不過也不能怎樣啊。」

店主輕輕搖了頭。

「哎呀，請交給我，我有個主意，您請稍等一下。」

店主說著便奔往大後方，然後拿了裝有幾個小瓶子的籃子回來。

「兩位久等了。要不要用工具把原先寫上的顏色名字塗掉，然後改成富雄同學覺得比較妥當的新名稱呢？只要用本店那臺刻印姓名的機器，就可以刻上任何喜歡的詞彙。」

「原來如此，這我倒是沒想過。」

外公說著便看向我。

「我記得是說『膚色』、『茶色』、『水藍色』這三個很奇怪對吧。」

「嗯。」

我回答以後，店主點點頭，從盒子裡拿出三支色鉛筆。

「那麼就從這支開始。」

他說著便拿起了「膚色」，然後用砂紙之類的東西，把原先寫的顏色名稱磨掉。接下來又拿起廣告顏料之類的小瓶子，把蓋子拿掉後用很細的筆重新幫磨過的筆身上色。

「好了，這樣原先寫在上面的『膚色』文字就消失了。這是快乾顏料，所以在我處理另外兩支的時候就會乾了。在等待的時候，請思考一下要把『膚色』換成什麼名稱。」

他說著邊將便條紙和鉛筆遞給我。

我和外公面面相覷。

「……要叫什麼顏色啊？」

外公看起來有些煩惱。

「這個嘛，『膚色』的確是很奇怪，但是要換成其他名字的話，要叫什麼好呢……還真是有點難呢。」

外公雙手抱胸歪著頭，此時還在磨掉「水藍色」和「茶色」名字的店主插嘴幫忙。

「『膚色』在英文當中似乎很常被稱為『淡橘色』或『淺橘色』之類的。」

「原來如此，不過只有這個顏色改成英文好像也很怪……富雄，你都用這個顏色畫什麼啊？」

忽然把問題丟給我真是讓人為難。

「嗯……這個嘛，鱈魚子吧。」

「你有畫那種東西喔？真是個怪傢伙。」

外公似乎真的非常意外，聲音也提高了些。不過那個時候我還真的常常在畫自己喜歡吃的東西。

「那就叫『鱈魚子色』？感覺念起來不好聽耶。」

「那『烤鱈魚子』呢？」

我把字寫在便條紙上。

「原來如此，感覺不錯耶。」

外公重重點頭，看著我的臉浮現一個大大的笑容。

店主看了便說「那麼我們就刻上新的顏色名稱」，然後開始挑鉛字。

「我記得那時候這臺機器應該就在商品旁邊。」

我輕輕摸了摸眼前的機器。那時候看起來應該更大，而且更強悍的感覺，現在看卻覺得沒想到這麼小。

「祖父似乎是覺得不放在身邊很不安……不過雖然這有蓋子，畢竟是會發熱而且能施力強壓東西的機械，我怕萬一有小孩子來碰就不好，所以搬到地下室來。」

「原來如此……總之上一代店主就是用這臺刻姓名的機器，幫我刻上了新的顏色名稱。」

寶田先生一臉愛惜地輕輕摸著我遞過去的「烤鱈魚子」色鉛筆。

「後來『膚色』這種說法就逐漸被取代，改成寫作『淡橙色』或者是『淺橘』之類的。」

「我想一定是上一代店主和色鉛筆公司的努力吧。」

寶田先生搖了搖頭否定。

「很遺憾，這已經是到了二〇〇〇年左右的事情，所以應該沒有直接的關係……不過上一代店主是非常中規中矩的人，所以我想他應該是真的有以某種方式告知鉛筆廠商。只是真的來得太晚，這種考量應該要更快一點讓人理解才對啊。」

這次又換我搖頭。

「我覺得沒有那回事。沒有什麼事情是太晚的，只要有發現就是好的。」

寶田先生點著頭回應。

「總覺得平常我會對客人說的臺詞，都被戴維斯先生說走了呢。」

「哎呀，畢竟我的年紀比較大啊，要是不讓我耍點帥可就糟啦。」

寶田先生搖著頭苦笑。

「好啦一個解決了。那麼接下來『茶色』要怎麼辦？你昨天是說『麥茶色』對吧？」

我拿起了「茶色」。

「嗯，我還是覺得這個顏色像麥茶。」

「那也好啊，再怎麼說這是你要用的色鉛筆，就用你想叫的名稱吧。」

外公在便條紙上寫了「麥茶色」。

「對了，剛才沒有加上『色』這個字，單純叫做『烤鱈魚子』，這個是不是也叫

『麥茶』就好啦？」

我用叉叉把外公寫的「麥茶色」後面的「色」字劃掉。

「原來如此，嗯，不錯啊。」

外公點點頭。

「濁音加上拗音[10]啊……呃，好，沒問題。請想一下剩下的『水藍色』。」

店主開始挑起了新的鉛字並催促我們。

「『水藍色』啊……其實這就是淺的藍色，就叫『淺藍』呢？」

「其實把藍色稀釋了，也不會變成水藍色啊。我想這應該是介於藍色和白色正中間的顏色。」

「的確也是呢……」聽了我這麼說，外公撐著下巴陷入沉思。我則非常在意自己說的「藍色和白色正中間」這句話，想了好一會兒，不知為何腦中浮現一片藍天。

「那個……『天空色』呢？我覺得很像是天氣好的天空顏色。」

外公聽了以後一臉驚訝地「喔？」一聲，馬上思考起來，卻又搖搖頭。

「的確正如你所說，『水藍色』跟放晴的天空顏色很像，不過天氣也有好或不好的

10. 日文中的濁音是假名右上角有兩點，拗音則是後面的假名只有一半大小。

時候，天空的顏色不會都是一樣的啊。這就跟人的膚色一樣，擅自這樣決定，天空也會覺得為難的。」

我和外公一起瞪著「水藍色」的色鉛筆，大概是發現我們陷入煩惱，店主再次出手幫助。

「類似這樣的如何呢？」

店主接過鉛筆，在便條本上寫下「晴空萬里」。

「喔喔……」

「喔？晴空萬里、晴空萬里、晴空萬里……好棒！這個感覺很棒耶。」

我忍不住大叫了起來。

「好！就這麼辦。聽起來很吉祥呢。」

外公也高興地點點頭。

「那就這麼辦。」

店主不知何時已經挑好了鉛字，一下子就印完了。

因此三支色鉛筆被重新命名為「烤鱈魚子」、「麥茶」、「晴空萬里」。

我和外公一起看著刻好了全新顏色名的色鉛筆，店主則開始在盒蓋上加工。

他用金屬顏料把原先蓋子上寫的名字塗掉以後，又用非常細的筆重新寫上。寫的時候相當細膩地模仿原來的字體，若沒有細看根本看不出來是重寫過的東西。

作業大致完成以後，看看時鐘也快三點了。我們應該是一點後進入四寶堂的，竟然就這樣勞煩了店主將近兩小時。很神奇的是在這之間沒有半個客人，所以完全沒有被打斷。

「還真是相當耗費你的時間呢，謝謝你。這是一點小心意，還請你收下。」外公遞給店主一個紅包袋，上面畫著「松葉」[11]。

「您這樣會讓我很為難。」

「這是在四寶堂買的紅包袋，所以看起來很豪華，不過別擔心，裡面只放了杯茶錢吧。還請你不要客氣，務必收下。」

店主在外公勸說下惶恐地收下紅包袋。

他一路送我們走到店外，還站在郵筒旁揮手，直到我們走過轉角。

「欸，要再帶我來喔。」

「嗯？銀座嗎？看來你喜歡冰淇淋蘇打啊。」

「不是啦，是剛才那個大叔的店啦。」

「喔？是沒問題，不過為什麼？」

11. 松葉圖樣在日本有禮物或金錢只夠藏於松葉下的薄禮之意，用來謙稱自己贈送的東西。

「因為有很多圖畫用紙跟顏料啊，好像還有大人會用的那種很貴的筆之類的文具。我下次想要好好逛。」

外公的臉上很高興地浮現大大的笑容。

「好啊，約好了，下次再兩個人一起來吧。」

「嗯。」

但那個約定卻沒能達成。

「那年秋天，外公驟然過世。明明才年過六十沒多久，就算當時的平均壽命沒有現在這麼長，但還是早了點。該說是禍不單行嗎？大約就在那時，父親從美國來接我們了。」

「所以您後來就一直住在美國了嗎。」

我點點頭。

「幾乎所有東西都處理掉，母親只拿了一個小行李箱，我也只帶了一個背包就去了美國。東西都丟了，就是這組色鉛筆我實在沒辦法放手。」

寶田先生將色鉛筆理整齊，又輕輕摸著貼在盒蓋內側的貼紙。

「我一直覺得這樣太過彰顯本店，所以已經好一陣子都不貼這個『姓名加工・銀座四寶堂』貼紙……聽了您的故事，我又再次覺得還是應該要貼上去。」

「請務必繼續這項傳統。」

回到一樓，良子小姐在櫃檯一旁的椅子上睡著了，看來是真的很清閒。

「哎哎——也太隨便了吧……」

聽寶田先生這樣說，我也老實地發問。

「客人這麼少沒問題嗎？」

寶田先生輕輕嘆了口氣。

「唉，很勉強啊。畢竟只有我一個人在做，是還過得去。而且在銀座這一帶有幾間往來頗久的公司和店家，也會接他們的訂單送東西過去。」

「喔？」

良子小姐大概是聽見我們的說話聲醒來，直起身子伸了伸懶腰。

「真是的……不要那麼悠哉啦，妳要把生意興隆當成目標啊。」

我和寶田先生面面相覷。

「那麼我還是稍微貢獻一點營業額吧。」

我走向色鉛筆商品區，拿起『UNI COLOR』、『UNI WATER COLOR』，還有『UNI EARTH COLOR』各五套。寶田先生連忙拿著購物籃衝了過來。

「您不用費這種心的啊。」

我搖了搖頭。

「不，我是真的想買。打算送給家人、朋友，還有工作室的同事當作禮物。對了，還有剛才說的削鉛筆器。」

「那這個您覺得如何呢？雖然是毛筆，但是顏色非常五彩繽紛喔。」

良子帶我走向商品區。

「哎呀，我來說明吧。嗯——這個是一間叫吳竹的公司出的ZIG CLEAN COLOR FB系列商品。筆刷的部分相當柔軟，適合上色。顏色種類共有十二種，再各有四種深淺不同的款式，所以總共是四十八色，可以用混色筆、水筆來暈開或者混色等。除此之外，這邊還有ZIG月光彩繪筆，在深色紙張上也能夠清楚顯色。」

「感覺都很棒呢。」

我接二連三把東西放進購物籃裡，一下子就滿出來了。

綿綿細雨下個不停，長達數日的秋雨對於沒有拱形天花板的銀座來說，幾乎就是天敵。走到玻璃門外眺望著雨滴樣貌的文具店四寶堂店主寶田硯輕輕嘆了口氣，搖搖頭準備回到店裡。

此時看見一位打著大紅色雨傘的女性快步走近此處。那位穿著風衣、戴著酒紅色貝雷帽的女性提著紙袋，另一隻手則拿著手機，似乎是打開了地圖應用程式在對照四周，不斷張望四下。

她好像突然發現了什麼而走近圓筒形老郵筒，一回頭便正面轉向了四寶堂。

硯輕輕點頭示意，女性奔上了石階。

「那個，請問這裡是四寶堂嗎？文具店？」

對方猛然靠近，硯不禁略略後退。

「呃，對，是的，本店就是四寶堂。」

「啊——太好了。那個，我是送東西來的。」

女性遞出紙袋。

「站在這裡說話也不好，要不要先進去呢？」

女性有些掙扎，但又像是要說服自己似的搖搖頭。

「我也希望能進去看看……但是得趕快回去才行。」

硯接過對方遞出的紙袋，裡面用了緩衝包材層層包裹，實在看不出來放了什麼東西。

見硯一臉錯愕，女性補充說明「我想應該是畫」，然後從口袋裡掏出一封信。

「他交代這個要一起給您。」

正面寫著「寶田先生收」，寄件人則是「湯米・戴維斯」。

「哎呀……這是？」

「我是湯米先生來日本工作時候的口譯。為了接下來的工作，他從美國寄了很多東西過來，這個是一起放在裡面的。」

「原來如此……」

女性在硯點頭之後說聲「那我先走了」，便逕行離開。

硯對著那背影行了個禮後回到店內。他馬上從會計櫃檯的抽屜裡拿出美工刀，割開了信封與紙袋裡面的包裝材料。

紙袋裡面裝的是一幅有裱框的畫，圖案是柳樹、大紅色圓筒形的郵筒，以及四寶堂。

「哇……」

硯忍不住大為讚嘆。

接著又拿出了信封裡面的東西，那是一張信箋。

前略

先前實在多受照顧。能夠在我回憶中的四寶堂悠哉度過一天，對我來說實在是無可取代的一段時光。真的是太謝謝你了。

我的各種請託如此麻煩，寶田先生卻依然有禮接待我。我連續受到上一代及你的照顧，無論再怎麼表達謝意也一言難盡。

想著或許應該送點回禮，所以用那盒色鉛筆畫了四寶堂。不知道你會不會喜歡，但還是請你收下。

先前我來日本是為了討論新的舞臺作品，也很順利談成了，目前已經進展到要組合布景的部分。預定在明年黃金週的時候上演，方便的話希望你能和良子小姐一同來看戲，這將是我的榮幸。屆時我也會再次造訪日本，應該也會再過去一趟四寶堂。

敬上

硯將看完的信箋收回信封裡，兩手合十對天膜拜。

「謝謝您。」

位於東京銀座一角的文具店四寶堂，雖然綿綿細雨不曾停歇，店裡卻永遠有著安穩祥和的空氣。

國家圖書館出版品預行編目資料

思念拆封不退：銀座四寶堂文具店 / 上田健次著；黃詩婷 譯. -- 初版. -- 臺北市：皇冠, 2025. 1
304面；21×14.8公分. --(皇冠叢書；第5202種) (大賞；175)
譯自：銀座「四宝堂」文房具店 2

ISBN 978-957-33-4247-2 (平裝)

861.57　　113019342

皇冠叢書第5202種
大賞｜175

思念拆封不退

銀座四寶堂文具店

銀座「四宝堂」文房具店 2

作　　者—上田健次
譯　　者—黃詩婷
發 行 人—平　雲
出版發行—皇冠文化出版有限公司
臺北市敦化北路120巷50號
電話◎02-27168888
郵撥帳號◎15261516號
皇冠出版社(香港)有限公司
香港銅鑼灣道180號百樂商業中心
19字樓1903室
電話◎2529-1778　傳真◎2527-0904
總 編 輯—許婷婷
責任編輯—蔡承歡
美術設計—嚴昱琳
行銷企劃—蕭采芹
著作完成日期—2023年
初版一刷日期—2025年1月

法律顧問—王惠光律師

讀者服務傳真專線◎02-27150507
電腦編號◎506175
ISBN◎978-957-33-4247-2
Printed in Taiwan
本書定價◎新臺幣420元/港幣140元